# Les enfants-rats

Du même auteur

*Rosadèle et le jardinier*, Gulf Stream, 2008.
*Lune noire et marée basse*, Magnard jeunesse, 2007.
*Le Fil d'or de Fatinou*, Gautier-Languereau, 2007.
*La Troisième Fille de Néfertiti*, Magnard jeunesse, 2007.
*Le Pinceau magique*, Magnard jeunesse, 2007.
*Léo et Clara veulent marier grand-papa*, Quiquandquoi, 2007.
*Le Choix de Théo,* Casterman, 2006.
*Eugénie a du génie*, Quiquandquoi, 2006.
*Huis clos mortel*, Grasset jeunesse, 2005.
*Graine de géant*, Belin jeunesse, 2004.
*Le Secret d'Akhénaton*, Magnard jeunesse, 2003.
*Apprentie détective*, Milan, 2002.
*Sacré Scarabée sacré !*, Magnard jeunesse, 2001.

Françoise Jay

# Les enfants-rats

*roman*

Ouvrage publié avec le concours de Jack Chaboud

PLON
JEUNESSE

ISBN : 978-2-259-21096-6

www.plon.fr

*À ma fille Capucine,*

# Prologue

Ils avaient fait surface par l'immeuble le plus isolé du quartier nord. Une petite bruine enveloppait la rue déserte d'un froid humide. Les lampadaires venaient de s'éteindre et le jour perçait faiblement. La horde resta groupée, attendant la consigne de son chef. Ce dernier interrogea l'éclaireur d'un regard bref. Puis, il joignit ses deux mains au-dessus de sa tête. Le signe de non-déploiement. Ils ne pourraient pas dépasser les limites de la rue. Ceux qui lambineraient n'auraient rien. Le chef projeta ses paumes en avant et les enfants-rats se ruèrent en silence vers les poubelles qu'ils investirent par groupes de deux ou trois.

Presque aussitôt, il y eut un cri terrible. Une cohorte de flics chargeait au pas de course. Les enfants-rats détalèrent. Les plus âgés refluèrent vers l'égout. Mais les plus jeunes, paniqués, se jetèrent dans les mailles du filet. Déjà, les flics embarquaient trois d'entre eux.

Soudain, une bande de pilleurs surgit et fonça sur les policiers. Une bataille s'engagea. Le chef de la horde profita de la diversion pour récupérer les trois enfants-rats qui étaient déjà dans les voitures. Les flics se replièrent un instant. Ils revinrent équipés de masques et bombardèrent les rebelles de fumigènes paralysants. Ce fut la débandade et la rue redevint déserte.

Les corps de ceux qui n'avaient pas réussi à fuir gisaient sur le bitume. Par terre, devant l'entrée de l'égout, le chef de la horde rampait et tentait d'échapper à la fumée acide qui brûlait ses poumons. Deux hommes le soulevèrent et l'embarquèrent.

— Atlane ! cria une voix désespérée depuis l'égout.

# 1

Jode serrait la main d'Irielle et s'appliquait à rendre chacun de ses pas silencieux. Le silence devait être absolu lorsqu'ils se déplaçaient dans les tunnels. Ne pas être entendus. Jamais. Mais entendre. Entendre le lent clapotis de l'eau dans le canal qui rampait avec langueur à leur droite. Entendre l'eau qui dégouttait le long des murs. Entendre les bruits sourds de la ville au-dessus et les vibrations du métro. Vrombissement intenable ou grondement lointain. Entendre. S'accrocher aux bruits familiers. Entendre. Et réagir. Réagir au moindre bruit suspect. Discerner les voix, surtout. Repérer au plus vite d'où elles provenaient et déterminer leur éloignement. Éviter la rencontre. Par tous les moyens, éviter la rencontre. Une fois, ils avaient sauté dans l'eau saumâtre afin d'éviter une horde dont ils avaient mal évalué la provenance.

Irielle et Jode marchaient depuis une heure maintenant. Irielle légèrement courbée sous la voûte au-dessus du quai. Ils ne percevaient plus l'odeur fétide et écœurante qui s'exhalait du canal. De temps en temps, la lumière bleutée du crépuscule dégringolait des bouches d'égout qui surplombaient l'eau. On cheminait le regard fixé sur ce point de clarté au loin. À la manière dont la lueur se rapprochait, on estimait sa progression. De temps en temps, cela voulait dire tous les six cents pas, environ. Jode les avait comptés. Car Jode savait compter et lire. Irielle le lui avait appris. Mais personne, jamais, ne devait soupçonner qu'ils comptaient et lisaient. Chaque matin, Irielle le lui rappelait et lui faisait réciter toutes les consignes.

Un choc sonore sur l'eau les arrêta. D'instinct, ils s'accroupirent sous l'une des arcades qui formaient le mur opposé au canal. Quelque chose venait de se produire un peu plus loin, au-devant d'eux. Mais le silence heurté des tunnels était aussitôt retombé. La main de Jode serrée dans la sienne, Irielle se remit en route.

Elle avança plus lentement. Il y avait un bruit inhabituel. Un bruit faible. Assourdi. Lancinant. Et ils allaient dans sa direction. Jode secoua la main d'Irielle. Il avait peur. Mais sur les quais, aucun mot ne devait être prononcé. En aucun cas. Pas même en chuchotant, car les voix portaient loin.

Jode secoua de nouveau la main d'Irielle. Elle continua néanmoins à marcher. Elle avait eu peur, elle aussi, de ce choc si proche qui avait fracassé l'atmosphère habituelle des égouts. Pourtant, rien n'avait suivi. Cela avait été un phénomène isolé. Ce n'était donc pas une horde. L'irruption d'une horde était comme une explosion. Ensuite, ils ne vous laissaient aucun répit. Irielle le savait.

Et à présent, il y avait ce son sourd, à peine perceptible... Irielle ne sentait aucune menace. Au contraire, inexplicablement, le bruit l'attirait. Elle s'arrêta un court instant. De sa main libre, elle caressa la joue de Jode. Une caresse lente et douce. Jode attrapa la main d'Irielle, la porta à ses lèvres et y déposa un baiser muet.

Irielle se remit en route. Jode ne renâcla plus. Ils étaient à quelques dizaines de pas de la prochaine bouche d'égout. Irielle accéléra un peu et écarquilla les yeux. Le son était légèrement plus fort. Ils se rapprochaient, et cela ressemblait de plus en plus à un miaulement étouffé. Irielle accéléra encore.

Dans le canal, une grosse boîte ovale flottait, coincée dans l'aspérité d'une pierre de la paroi. La lumière bleue lui tombait dessus et l'emprisonnait d'un halo phosphorescent. Irielle poussa Jode contre le mur et le fit asseoir. Puis, elle se laissa glisser dans le canal jusqu'à la taille et attrapa la boîte qu'elle posa sur le quai. Pendant qu'elle se hissait à son tour, Jode tenta d'apercevoir ce qu'il y avait à l'intérieur.

Le couvercle était suffisamment transparent pour deviner le contenu; Irielle installa la boîte sous son bras, chercha le bon équilibre, attrapa la main de Jode et l'entraîna.

Terrifiée à l'idée de tomber sur une horde avec son précieux fardeau, elle marcha aussi vite que le pouvaient les petites jambes de Jode. Son esprit galopait. Les souvenirs du premier jour de Jode lui revenaient. Puis, affluèrent les souvenirs de son premier jour à elle. Et elle laissa couler les larmes de ce chagrin qu'elle savait sans fin.

# 2

Irielle avait tout de suite su dans quelle cache elle se rendrait. La cache-avion. Ils disaient aussi « La Trois cent-quatre-vingts ». C'était loin, mais c'était sans conteste leur refuge le plus confortable et celui où ils étaient le plus en sécurité. Comme on était vendredi, ils y seraient tranquilles jusqu'au dimanche. Deux jours sans cette incessante déambulation ! Car un trop long séjour au même endroit dans les égouts pouvait provoquer une asphyxie mortelle. Son père avait eu le temps de le lui enseigner. On pouvait passer toutes les nuits dans le même lieu à condition de ne pas y rester dans la journée. En dehors de la cache-avion, Irielle connaissait un bon endroit pour dormir. Un abri sûr mais inconfortable, dans l'arrière-cave d'un immeuble des beaux quartiers du nord de la ville, qu'elle avait nommé « la cache-semaine ».

Dans La Trois cent-quatre-vingts, on ne risquait pas de mourir. L'air était renouvelé. Il suffisait d'ouvrir la porte ou les hublots de la cabine de pilotage. Aucune chance d'être surpris par une horde non plus. Les hordes ne faisaient surface qu'en ville afin de s'approvisionner. Jamais Irielle n'en avait croisé à la campagne. Voilà pourquoi la cache-avion était si précieuse pour faire des haltes un peu longues en toute sécurité. Il était arrivé à Irielle de passer une semaine complète dans l'avion sans mettre le nez dehors. Quand ils étaient malades, il n'y avait pas d'autre lieu possible. Néanmoins, y demeurer pendant les heures d'ouverture du chantier était un peu dangereux. On s'exposait à être repéré par un ouvrier.

Pour rejoindre La Trois cent-quatre-vingts, on marchait jusqu'à la fin de l'égout ouest. On débouchait dans un des bassins de récupération des eaux usées de la station d'épuration. On patientait jusqu'à la nuit. Ensuite, Irielle savait comment sortir de la station sans éveiller l'attention du gardien de nuit. Passé les quatre bassins de décantation, on escaladait le mur d'enceinte à l'autre bout et on se retrouvait dans les champs. Après, on était sauvé et le reste du chemin ne nécessitait plus qu'une légère vigilance.

Le couinement dans la boîte ovale avait cessé dès que le balancement de la marche avait commencé. La main de Jode toujours serrée dans la sienne, Irielle avançait avec prudence, mais vite.

On laissait la station d'épuration à sa droite et on traversait les champs. On dépassait le village de Viels et il restait quinze minutes jusqu'au chantier de démantèlement des avions.

Les avions avaient été des machines volantes collectives. Au début des années 2010, la pénurie des énergies fossiles et la pollution massive en gaz carbonique avaient obligé les pays occidentaux à abandonner ce type de transport aérien. On avait investi dans la recherche de stockage et de conservation de l'énergie solaire. On avait inventé des petites batteries adéquates, et on avait créé les aérosolos. Véhicules individuels ou familiaux, les aérosolos étaient mieux adaptés par leur taille et leur consommation à l'énergie solaire. L'avènement des aérosolos avait eu pour conséquence la fin de l'automobile, trop polluante et dévoreuse d'énergie pétrolifère. Les rues des villes et les routes étaient désormais fréquentées par les piétons et les cyclistes. Seule la police utilisait encore des véhicules à roues.

Les avions avaient été regroupés à côté des chantiers de démantèlement dans d'immenses dépôts, et leur destruction avait commencé. Il y en aurait pour des décennies.

L'histoire de la fin de l'aviation collective et des débuts de l'aviation individuelle, Irielle la connaissait grâce à ses parents. Elle avait huit ans. Elle se souvenait parfaitement du moment et du lieu. Ils étaient sur la terrasse de leur maison. La nuit commençait à assombrir le ciel et sa mère avait allumé les bougies sur la table. Ils dînaient. Son père avait annoncé qu'il envisageait d'acheter un nouvel aérosolo. Et il avait raconté toute l'histoire de l'aviation à Irielle. Quelque temps plus tard, sa mère avait été licenciée et ils n'avaient pas acheté de nouvel aérosolo.

Les larmes se remirent à couler. Il en était ainsi chaque fois qu'elle songeait à ses parents.

La main de Jode pesait. Il se faisait traîner. Il devait être épuisé. Néanmoins, elle n'avait pas le choix. Elle ne devait pas perdre de temps.

Enfin, elle aperçut la clarté du bout du tunnel. Elle tendit le bras dans sa direction afin d'encourager Jode. Il se mit à trottiner.

Lorsqu'ils atteignirent le bassin, le gardien de nuit quittait le secteur et le crépuscule cédait à la nuit. Irielle décida de se risquer sans attendre l'obscurité complète. Le silence dans la boîte ovale l'inquiétait.

Le chemin était encore loin jusqu'à l'avion, mais on pouvait parler à voix chuchotée.

— Pourquoi on court ? fut la première question de Jode.

— À cause de ce qu'il y a dans la boîte.

— Tu sais ce que c'est ?

— Je le crois, oui.

— Tu ne veux pas me le dire ?

— Pas tout de suite, Jode. Quand nous serons sous les arbres, peut-être que je te le montrerai.

À moins d'un kilomètre à leur droite dansaient les lumières des maisons de Viels. Irielle connaissait bien ce village. Elle travaillait dès qu'elle le pouvait à la boulangerie. L'argent gagné finançait entre autres les provisions de denrées impérissables pour les mauvais jours. Quand elle n'avait plus d'argent, ils volaient. Mais Irielle n'aimait pas voler. Et elle avait peur de se faire prendre.

Toutes leurs provisions étaient stockées dans l'avion. Irielle veillait à ce que Jode, au moins, ne restât pas trop longtemps sans manger.

Elle décida de faire la halte habituelle sous le saule qui se trouvait à l'orée d'un bosquet d'arbres au sud du village. Le feuillage bruissa doucement lorsqu'elle l'écarta pour laisser passer Jode. Elle fit asseoir le petit garçon un peu à l'écart, et posa la boîte.

Elle leva le couvercle d'un coup.

C'était bien un nouveau-né ! Elle posa sa main sur sa petite poitrine et s'assura qu'il respirait. Elle fit signe à Jode d'approcher.

— Un bébé ? dit-il d'une toute petite voix.

— Oui, souffla Irielle.

— Il va manger quoi ?

— Du lait.

— On va aller en voler à la ferme du Prains ?

— J'irai, et tu le garderas dans l'avion.

Elle referma la boîte et ils repartirent.

Ils ne s'arrêtèrent plus.

Comme elle avait eu raison de conserver les affaires de bébé de Jode ! Elle avait toujours pensé que ce qui était arrivé une fois pouvait se produire une seconde fois. Tant de nourrissons étaient ainsi jetés quelques heures à peine après leur naissance ! Et tous n'avaient pas la chance d'être recueillis par quelqu'un d'aimant. Irielle préféra ne pas imaginer ce qui se passait lorsqu'ils étaient trouvés par une horde.

# 3

Irielle avait donc élu domicile dans la coque d'un très ancien gros-porteur. Une lettre et trois chiffres étaient encore lisibles sur la queue : « A380 ».

C'était peu avant d'avoir trouvé Jode, lors d'une de ses nombreuses excursions dans la campagne. Elle avait remarqué une brèche dans l'enceinte d'un chantier de démantèlement. Elle l'avait franchie et avait découvert le cimetière des avions, loin du cœur du chantier où travaillaient les ouvriers. Elle avait visité les trois appareils parqués à cet endroit. Contrairement aux deux autres, l'A380 n'était pas encombré par des dizaines de rangées de sièges alignés les uns derrière les autres. L'intérieur était constitué de deux salons, d'un bar, d'un restaurant, d'une cuisine, de quatre cabines avec des grands lits et de deux salles de bains. Il ressemblait à un immense appartement et il était facile d'accès. C'était pour ces deux raisons qu'Irielle l'avait choisi.

Elle avait délimité leur territoire, et avait condamné l'accès de la partie de l'avion qu'ils n'utiliseraient pas. Jode et elle avait chacun une chambre. Ils entreposaient toute la nourriture impérissable dans les placards de la cuisine. Le restaurant leur servait de salle à manger. Irielle avait préféré le salon jaune parce qu'il était le mieux conservé et le plus gai. Elle y avait rangé tous ses livres. Jode aimait se vautrer dans ses fauteuils en cuir pour lire ou rêver.

Un dimanche, dans un des hangars où étaient stockés les éléments démantelés, Irielle avait déniché deux immenses cuves en inox. Elle les avait rincées longuement avec l'un des puissants jets du chantier et elle les avait installées derrière la carlingue. Elle y recueillait l'eau de pluie. De rares fois, en été, elle avait dû se servir au robinet du hangar le plus proche afin de les remplir. Mais, depuis quelque temps, ils n'étaient plus obligés de boire cette eau. Il y avait plusieurs semaines, Irielle avait repéré des packs de bouteilles d'eau entreposés sur le parking de la grande surface qui se trouvait à la sortie sud du village. Pendant une grande partie de la nuit du samedi au dimanche, ils avaient fait les voyages entre le parking et l'A380. Ils avaient déposé le gros de leur réserve dans la soute de l'appareil.

Irielle referma la lourde porte de l'avion derrière eux. Elle posa la boîte sur son lit, l'ouvrit, et prit délicatement le nourrisson dans ses bras. Il était tout mou, inerte, mais Irielle sentait son petit cœur battre sous sa main. Il avait été emmailloté dans une serviette de toilette.

— Il est mort ? demanda Jode.

— Non. Mais il faut le nourrir rapidement.

— On n'a pas de lait, là, objecta Jode d'une petite voix inquiète.

— On va déjà lui donner à boire. Va me chercher une bouteille d'eau dans la cuisine.

Jode se précipita et revint aussitôt.

Irielle humecta son petit doigt et le passa sur les lèvres du nouveau-né, puis elle entrouvrit la petite bouche et fit couler une goutte sur la langue du bébé.

— Bonjour, mon bébé. Moi, je suis Irielle. Je t'ai trouvé, et maintenant tu ne seras plus jamais seul. Et voilà Jode. Il sera ton grand frère. Jode et moi, on te gardera toujours avec nous.

Le nourrisson se mit à suçoter son doigt.

— Oh ! Ça y est, il tétouille, s'émerveilla Jode.

— On va le sauver, affirma Irielle.

Elle fit asseoir Jode sur le lit, et installa le bébé dans ses bras.

— Tu vas continuer à faire exactement ce que je viens de faire. Il ne faut pas aller trop vite, ni lui donner trop d'eau à la fois, ça pourrait lui faire du mal. Pendant ce temps, je vais aller chercher du lait à la ferme du Prains. Il fait nuit noire, maintenant. Il n'y a plus rien à craindre. Et je n'en ai pas pour longtemps.

Elle alla chercher une nouvelle bouteille à la cuisine, la vida dans l'évier et fila.

# 4

Irielle ne fut pas longue à revenir avec sa bouteille pleine de lait frais. Ce n'était pas la première fois qu'elle allait traire dans l'étable de la ferme du Prains. Les bêtes s'étaient habituées à elle et ne réagissaient plus à sa présence.

Elle dilua le lait avec l'eau. Peu de lait pour beaucoup d'eau. Elle convainquit Jode de prêter son biberon. Elle rinça bien la tétine, faute de pouvoir la faire bouillir afin de la stériliser comme elle l'avait lu dans son encyclopédie de puériculture. Elle prit le nouveau-né dans ses bras et caressa ses lèvres avec la tétine. Le nourrisson ne réagit d'abord pas, puis, goulûment, il se mit à téter et vida le biberon.

— Tu en avais pas assez mis, lui reprocha Jode.

— Pour un si petit bébé, il ne faut pas plus. Il mange plus souvent que toi, mais moins à la fois, expliqua Irielle.

Irielle avait tout appris sur les enfants dans ses livres lorsque Jode était bébé. Ses livres ! Tout ce qu'elle savait grâce à eux ! Comme elle avait eu raison de se servir autant, et de continuer, encore et encore, à prendre tout ce qu'elle trouvait sans distinction de genres ! Elle refusait d'utiliser le mot « vol » pour les livres. Car était-ce voler que de prendre des livres condamnés à la destruction ? Il y avait quelques années, elle avait découvert un endroit étrange à la sortie sud de la ville. Des hangars mal fermés dans lesquels s'amoncelaient des montagnes de livres ainsi que des magazines. Pendant la journée, des ouvriers les poussaient par vagues dans des cuves où ils finissaient écrasés par de gigantesques machines broyeuses. Tous les livres qui se trouvaient dans l'avion venaient de cet endroit. Elle prenait tout ce qu'elle pouvait. Des romans, des essais, des livres de cuisine, des livres scolaires, des livres médicaux, des journaux, des encyclopédies... Elle lisait tout. Elle était curieuse de tout. Elle voulait savoir. Apprendre. Apprendre encore. Apprendre sans cesse, afin de ne pas devenir une enfant-rat... Et elle avait besoin de tous ces livres qui disaient la vie autrement pour supporter le poids de sa vie à elle. Les journaux et les magazines l'informaient sur ce monde dont elle avait été exclue et qu'elle appelait avec dérision la Zone Riche.

Irielle plaça le nourrisson contre son épaule et attendit qu'il rendît le trop-plein d'air. Puis, elle le déshabilla.

— C'est une petite fille, annonça-t-elle à Jode.

L'enfant ne devait pas avoir plus de sept jours car son cordon ombilical était encore attaché. Elle avait été lavée et emmaillotée. Elle n'avait donc pas été jetée immédiatement après sa naissance. Peut-être sa mère avait-elle hésité toute une journée avant de s'en séparer. Irielle opta pour deux jours, décida qu'on lui fêterait son anniversaire les 12 mai puisqu'on était le 14, et le dit à Jode.

— Sa date de naissance, c'est le 12 mai 2025, alors ?

— Bien sûr, puisque nous sommes en 2025.

— Moi, ce sera toujours le 21 juin 2019 ?

— Oui. Cela ne change rien à ta date de naissance.

— Ni à ma date d'anniversaire ?

— Cela ne change pas ta date d'anniversaire, non plus, le rassura Irielle.

Elle serra le petit garçon contre elle et ajouta :

— Comment allons-nous l'appeler ?

— Je sais pas. Dis-le, toi ?

Irielle ferma les yeux. C'était la seconde fois qu'elle avait à nommer un enfant. Pour Jode, le prénom lui était venu d'un coup, elle n'avait jamais su d'où. Mais elle avait tout de suite su que Jode était Jode.

Un instant, bref, elle rouvrit les yeux et les referma sur l'image du visage de la petite fille qui venait de s'endormir repue et apaisée. « Sauvée des eaux », pensa-t-elle. Et le souvenir lui revint, intact. Elle évoqua son père et sa mère entre lesquels, petite fille de cinq ans, pas plus, elle s'était installée afin d'écouter une nouvelle histoire de la Bible. Son père avait lu l'histoire de Moïse, cet enfant trouvé dans un panier flottant sur le Nil et adopté par une princesse égyptienne. Irielle entendait l'intonation douce de la voix de sa mère lorsqu'elle avait dit : « En hébreu, Moïse signifie "sauvé des eaux" ». Irielle revoyait cette scène. En la répétant sur l'écran intérieur de sa mémoire, elle parvenait presque à l'imaginer vivante. Vivante, sa mère. Vivant, son père. Vivante, la sensation de leur corps de chaque côté du sien, de leurs bras lui enserrant les épaules.

— Tu trouves ? s'impatienta Jode d'une voix timide.

— Moïsa, proposa Irielle.

— Moïsa ? interrogea-t-il.

— Cela veut dire « sauvée des eaux », précisa-t-elle.

— J'aime bien Moïsa, approuva Jode.

— Alors, elle s'appelle Moïsa, déclara Irielle, nous le lui dirons dès qu'elle sera réveillée.

— Tu lui diras, toi. Tu es sa petite maman.

— Je le lui dirai.

— Tu resteras ma petite maman, aussi ?

— Je serai votre petite maman à tous les deux. On est une grande famille, désormais.

Jode garda le silence un moment.

— Est-ce que Jode veut dire « sauvé d'une poubelle » ? demanda-t-il finalement.

— Non !

— Ça veut dire quoi ?

— Je crois que ça veut dire « Irielle t'aime pour toujours », répondit Irielle.

— C'est un beau nom, même si c'est toi qui l'as inventé, affirma Jode.

— Oui, c'est un beau nom, acquiesça Irielle avec douceur, dormons un peu, maintenant... Moïsa ne tardera pas à se réveiller pour manger.

# 5

— T'd'sobéis à moi ! hurla Yentlane, baisse tes yeux quand j't'parle, saloperie ! J't'hais, toi !

Yentlane s'arrêta de crier. Il regarda sa horde. Ils étaient alignés en demi-cercle, les yeux baissés sur leurs pieds. Ils avaient peur. Yentlane savait ça. Yentlane adorait ça. Il sentit une tension de plaisir courir dans son corps.

Devant lui, recroquevillée sur le sol, une forme humaine se tortillait. Yentlane lui donna un violent coup de pied.

— T'voulais ma place ? reprit-il sur le même ton, d'puis qu't'es avec nous, t'la veux, hein ! T'voulais les filles, aussi ! Vrai ou pas vrai !

Yentlane eut un long rire.

— Vrai ! aboya-t-il.

Il cracha sur le garçon devant lui. Les autres ne bougeaient pas. Leur tête tombait sur leur poitrine.

— Allez, foutez-le dans l'air chaud. J'le veux plus avec nous... Z'êtes OK ?

Une espèce de borborygme sourd monta de la horde et s'effrita aussitôt. Ils étaient d'accord.

— Mury et Verk !

Deux gars se ruèrent sur la forme qui rampait sur le sol et tentait de se relever. Ils l'empoignèrent sous les bras.

De là où il était, Nolane reconnut Tecril.

Tecril n'était pas un garçon docile. Il y avait moins d'une saison de cela, il avait été accepté avec réticence par la horde. Il arrivait de la surface et il avait avoué savoir lire et écrire. Nolane avait réussi à le sauver malgré tout.

Dès le début, Tecril s'était opposé à Yentlane. Ce dernier avait toujours eu peur du courage de ce garçon de la surface, au visage encore poupin, qui n'hésitait pas à soutenir son regard. Yentlane n'avait cessé de redouter que Tecril prît sa place. Qu'il sût lire n'arrangeait rien.

Nolane hésita à intervenir. Qu'aurait-il pu dire, cette fois-ci ? Il avait été absent ces derniers jours. Il ne savait rien de ce qui venait de se passer, et Yentlane devait être bien trop soulagé de se débarrasser de Tecril pour l'écouter.

Nolane était le frère cadet de Yentlane. Et Yentlane était le chef de la horde. Il avait succédé à Atlane, leur frère aîné, disparu au début de l'automne lors d'une sortie en surface.

Les trois frères étaient arrivés ensemble dans les égouts. Nolane devait avoir deux ou trois ans et Yentlane cinq ou six ans. Nolane savait cela grâce à

Atlane qui avait une douzaine d'années à l'époque et qui le leur avait raconté souvent. Si les deux cadets avaient survécu dans les égouts, c'était grâce à Atlane. Ce dernier s'était battu pour les imposer à la horde qui les avait attrapés. Rapidement, il en était devenu le chef. Cette position lui avait permis de protéger ses deux petits frères qui avaient grandi sous sa protection. Yentlane avait utilisé cet avantage pour tyranniser et inféoder les autres membres de la horde. Nolane, au contraire, avait profité de cette situation privilégiée pour éviter les affrontements et tâcher de passer à travers les embrouilles nombreuses et souvent violentes qui étaient le lot quotidien de la vie de la horde. Quand Atlane avait disparu, Yentlane avait pris sa place. Chacun connaissait sa brutalité et personne n'avait osé lui contester le rang de chef. Il était loin d'avoir la souplesse de caractère d'Atlane et la peur le rendait méchant. Nolane savait qu'il n'hésiterait pas à se débarrasser de lui s'il devenait trop gênant. Déjà, Nolane devait veiller à moduler ses interventions quand il contestait une sanction. Il avait appris à percevoir jusqu'où il pouvait aller pour contrer les sentences de son aîné. Lorsque Yentlane était trop emporté par sa folie destructrice, Nolane s'abstenait. Et aujourd'hui, Yentlane était hors de lui. Il donnait libre cours à la haine qu'il avait pour Tecril. Nolane se souvint qu'il avait sauvé trois vies, récemment. Les circonstances présentes ne lui étaient pas favorables. Sans compter qu'il n'aurait servi à rien de mettre sa propre vie en danger. Il abandonna l'idée d'intervenir.

Yentlane donna le signal du départ. La horde s'ébranla. Nolane décida de ne pas se montrer et de les suivre. Après l'exécution, il n'était pas certain que Yentlane retournât à la planque «Écritures Blanches» où il les avait retrouvés.

Mury et Verk marchaient devant et traînaient Tecril dont les pieds raclaient le sol. Ce dernier ne cherchait plus à se débattre. Peut-être était-il évanoui. Yentlane était derrière eux. Il ricanait. Taglia, sa favorite du moment, s'appliquait à rester en retrait. Les filles suivaient. Le reste des garçons fermaient le cortège.

La horde remonta le canal principal et passa sous la porte est de la ville. Nolane se maintenait à bonne distance. Bientôt, ils arrivèrent sous la chaudière est. Ils allaient monter l'escalier qui menait au-dessus. Tecril serait balancé par la trappe de visite de la cheminée centrale. Il mourrait de sa chute et son corps serait réduit en cendres.

Nolane les laissa s'éloigner et se planqua dans l'ombre d'un pilier. La horde redescendrait obligatoirement par le même escalier. Il les attendrait là. Il leur emboîterait le pas et attendrait la fin de la journée pour se montrer. Il envoya une pensée d'adieu à Tecril et ne retint pas ses larmes.

# 6

— Où t'étais, toi ? tonna Yentlane lorsque son frère entra dans le cercle de la horde qui prenait son repas du soir.

Après avoir précipité Tecril dans la chaudière est, la horde était remontée jusqu'au quartier nord de la ville, là où vivait la population la plus aisée. Ils avaient attendu la nuit et avaient investi les poubelles. De chez les riches, on ramenait la plupart du temps de quoi s'occuper pour le repas du soir. Mais c'étaient les quartiers les plus surveillés. Ne pas se faire prendre était l'unique règle. Si on tombait sur une descente de flics, chacun pour soi. Les flics ne tuaient pas, sauf si l'on opposait une résistance violente. Ils vous attrapaient et vous emmenaient on ne savait où.

Le risque valait la peine. La moisson était généralement fructueuse. Conserves tout juste périmées, restes de repas conséquents, objets divers à peine abîmés. Souvent, il arrivait qu'on trouvât des vêtements presque neufs. Les filles ne se battaient plus pour les obtenir. De retour dans une des planques, Yentlane désignait sa favorite. Elle remportait la mise. Les autres filles ne bronchaient pas.

Yentlane faisait de même pour la nourriture. Quand il n'y en avait pas assez pour tout le monde, il répartissait selon son bon vouloir. Il se réservait la meilleure part, puis servait ses lieutenants et ensuite sa favorite. Les autres se partageaient ce qui restait. Parfois, il ne restait rien. Passer plus d'une journée le ventre vide était fréquent pour les membres de la horde, et aucun d'eux n'aurait osé s'en plaindre au chef.

— Où t'étais, toi, hein ? répéta Yentlane en tapant sans violence sur l'arrière de la tête de Nolane.

— J'fouinais.

— Comme d'hab ?

— Comme d'hab.

— Rien ?

— Rien.

— J'vidé Tecril, informa Yentlane.

— OK, fit Nolane pour montrer qu'il avait entendu la nouvelle.

— Trop con, lâcha Yentlane, laconique.

Nolane ne releva pas. Cela fit plaisir à son frère qui lui tapa dans le dos. C'était un geste affectueux. Nolane savait qu'il fallait y répondre. Il lui secoua vigoureusement l'épaule. Yentlane rit et lui tendit une boîte de conserve ouverte et quasi pleine. C'étaient des petits pois. Nolane n'avait guère mangé depuis son départ quelques jours plus tôt. Il prit la boîte, sortit sa cuillère de sa poche et avala goulûment son dîner.

— T'veux une fille c'soir ? s'enquit Yentlane.

— Ça va.

— T'en prends j'mais, lui reprocha Yentlane et Nolane perçut l'agressivité retenue de son frère.

— J'les prends ailleurs.

— Ah ! V'là ! C'est ça, tes voyages ! rigola Yentlane, j'm'disais que pas seul'ment la surveillance !

— Non, pas seul'ment.

— T'devrais en ram'ner, d'fois, on's marr'rait.

— J'y pens'rai, répondit Nolane.

— T'allé loin ?

— J'su allé jusqu'à une sortie loin d'ci et j'su rev'nu.

— Rien ?

— Rien. Une campagne. Pas d'riche.

— J't'l'ai dit, les riches, l'sont tous du côté du grand parc.

— J'préfère chercher encore, jusqu'à c'que j'fait tout'les sorties.

— T'as raison. J'su OK... Si pt'être t'trouv'rais quèque chose !

— J'trouv'rai, affirma Nolane.

— T'as croisé d'autres ?

— J'croise t'jours d'autres.

— Et ?

— Jusqu'là, ça va.

— Ça va ?

— J'dis que j'su d'ta horde. Y m' laissent.

Yentlane éclata d'un rire sonore et le laissa rouler un moment. Plusieurs fois cette saison, il avait combattu et tué des chefs de hordes. Depuis, il était convaincu d'avoir la plus grosse horde de toute la ville souterraine. Convaincu d'être craint, aussi. Rien d'autre ne pouvait lui faire plus plaisir.

— On reste ici, c'te nuit. Pour plus tard, j'verrai. Va dormir. J'mis des sent'nelles. Pas la peine que t'fasses une veille. Va dormir.

Nolane ne se le fit pas dire une nouvelle fois. Il était épuisé. Il disait toujours vrai à son frère lorsqu'il donnait sa destination. Cependant, il ne disait pas qu'il évitait soigneusement de rencontrer quiconque dans les tunnels, se cachant à la moindre alerte, laissant passer les hordes avant de reprendre sa route. Et cette vigilance permanente était harassante. Pourtant, il préférait le harcèlement de cette vigilance à la vie quotidienne avec la horde.

# 7

Irielle s'endormait quand Moïsa se mit à pleurer.

— Vite, souffla Jode en se levant, lui aussi.

— Elle a faim, le tranquillisa Irielle.

Elle prit la petite fille dans les bras, la berça doucement et susurra à son oreille.

— Je vais te préparer ton biberon. Je reviens tout de suite.

Elle déposa Moïsa à côté de Jode qu'elle avait exceptionnellement autorisé à dormir dans son lit et alla préparer le biberon. Lorsqu'elle revint, les deux enfants étaient calmes. Moïsa suçotait le petit doigt de Jode et ce dernier lui murmurait des paroles rassurantes. Irielle s'étendit, souleva la tête de Moïsa et passa délicatement la tétine sur ses lèvres. Elle sentit la petite bouche happer le bout caoutchouteux et tirer dessus avec force. Jode s'était rendormi.

Quand le biberon fut vidé, Irielle s'assit sur le lit, installa la petite fille sur son épaule et lui tapota le dos.

— Petite goulue, lui chuchota-t-elle à l'oreille.

Elle sentit une tendresse couler en elle et passer tout

entière à l'enfant. Une tendresse qu'elle avait connue déjà, lorsque Jode était bébé. Une tendresse où crépitait une joie intense. Une tendresse qui se donnait toute et qui l'attachait de manière irrémédiable à l'enfant. Irielle se sentait invulnérable, ce bébé sur elle, Jode endormi contre elle, à l'abri dans la coque de l'avion, à l'abri des dangers des tunnels. Un instant volé à la peur permanente d'être attrapée par une horde, ou par des policiers.

Irielle était arrivée à l'âge de dix ans dans les égouts. Il y avait déjà sept ans de cela, puisqu'elle avait eu dix-sept ans le 1er janvier.

À cette époque-là, sa mère n'avait plus de travail depuis bientôt deux ans et n'en retrouvait pas. Être sans travail était une des raisons pour lesquelles on ne vous embauchait plus. C'était comme une malédiction. Et voilà que la malédiction était également tombée sur son père. La librairie où il travaillait avait fermé. Ils avaient commencé par vendre leur vieil aérosolo et, quelques mois plus tard, ils avaient quitté leur maison. Ils avaient d'abord habité une caravane. Mais la municipalité les en avait chassés et ils avaient dû vivre dehors. L'été avait passé et l'automne était venu. Un automne chaud et sec.

Le froid était tombé d'un coup au début du mois de décembre et n'avait pas désarmé de tout l'hiver. Le jour, ils allaient chercher la chaleur dans les stations de métro. Cela leur permettait de tenir.

Vers la fin du mois de mars, toutes les stations avaient été fermées à cause d'une grève des fonctionnaires. Ils avaient dû se rabattre sur les égouts. Le père d'Irielle connaissait plusieurs entrées. Ils savaient que c'était dangereux à cause des enfants-rats. Mais le froid était là, alors, ils s'y risquaient. Serrés les uns contre les autres, ils se réchauffaient quelques heures, avant de remonter à la surface. Un jour, ils avaient été aperçus puis suivis par une horde. Les hordes n'aimaient ni les adultes, ni les petits enfants. Les bébés les rendaient furieux.

Ils avaient surgi de nulle part. Son père avait poussé Irielle dans l'ombre d'une des arches du quai. Ensuite, ses parents avaient été tués par la horde. Ils avaient roué sa mère de coups de pied en hurlant joyeusement des mots incompréhensibles. Trois gars avaient tenu son père afin qu'il ne puisse pas lui venir en aide. Ils avaient jeté le corps de sa mère dans le canal et ils avaient recommencé avec son père. Il avait eu le temps d'intimer à Irielle l'ordre de s'enfuir. Elle avait obéi. La horde n'avait pas eu le temps de réagir. Elle s'était sauvée.

Terrifiée, elle avait erré dans les tunnels, appris à fouiller les poubelles et à voler pour ne pas mourir.

Ne jamais se faire prendre par une horde. Ne jamais croiser personne. Ne pas même laisser soupçonner sa présence. Vivre avec la terreur permanente d'être attrapée...

En apparence, Irielle était devenue une enfant-rat. Mais elle était différente des enfants-rats. Elle savait lire, compter, écrire, nager. Elle volait des livres, des cahiers, et des crayons. Et comme elle l'avait appris à l'école, chaque matin, elle notait le jour et l'année sur un cahier ou sur un calendrier si elle avait réussi à s'en procurer un. Dans la cache-avion, elle lisait, écrivait et dessinait comme elle l'avait toujours fait avec ses parents. Son activité quotidienne était organisée dans le seul but de rester un être humain. Ne pas devenir une enfant-rat. Ne pas finir comme la plupart des enfants-rats qui tuaient d'autres enfants-rats, se faisaient tuer par des hordes adverses ou bien prendre par la police. Les policiers n'entraient jamais dans les égouts. Il leur suffisait d'attendre et de surveiller les entrées des tunnels qu'ils connaissaient. Les enfants-rats avaient besoin de sortir des égouts pour trouver de quoi se nourrir en volant dans les magasins, dans les foules, sur les marchés, dans les maisons, ou dans les poubelles. C'est là que la police les arrêtait. Une fois, Irielle avait assisté à l'arrestation d'un garçon-rat. Par chance, elle avait tout de suite repéré les trois policiers. Le garçon, non. Ils l'avaient saisi sous les bras et l'avaient embarqué dans leur voiture. C'était sur un marché. Irielle avait entendu deux maraîchères commenter l'incident.

— Tous les jours, ils en attrapent. À croire qu'il y en a autant que des rats !

— Pourquoi croyez-vous qu'on les appelle comme ça ?

— Ils en font quoi ? Orphelinat ?

— Je n'en sais rien, et j'espère bien que non ! On ne va pas en plus leur payer des études, peut-être ! Avec tout ce chômage ! Pas la peine d'en rajouter... Ils doivent les utiliser pour les tâches difficiles, celles dont personne ne veut ou qui sont dangereuses !

Ce jour-là, Irielle avait compris qu'il fallait être en

permanence transparente pour survivre. Ne pas être vue. Ni dans la ville, ni sous la ville. Quelques semaines plus tard, elle avait découvert Jode. La vie était devenue plus compliquée, mais elle n'avait plus jamais été seule.

Et puis, un jour, elle avait récupéré une jolie robe à sa taille dans une poubelle de riches. Elle avait réussi à se faire embaucher pour des extras à la boulangerie du village de Viels. Cela lui avait permis d'acheter, outre la nourriture, des vêtements corrects pour Jode et pour elle dans la grande surface au sud de Viels. Une tenue par saison. Cela leur permettait de sortir dans le village de Viels et dans la ville sans être repérés.

Moïsa rota. Irielle essuya le lait qui était remonté et coulait sur son menton. Elle recoucha la petite fille et s'allongea à côté des deux enfants. Elle s'endormit presque aussitôt. Juste le temps d'une pensée. Rester dans la Trois cent-quatre-vingts le temps que Moïsa prît des forces ; voyager dans les égouts avec un petit garçon de cinq ans et un bébé de quelques jours était bien trop dangereux.

# 8

La rue était déserte sous l'éclairage éclatant des lampadaires. Smog plissa le nez. La réunion avait duré un quart d'heure de trop. Il allait devoir traverser la ville malgré le couvre-feu. Il se lança et marcha vite, guettant les patrouilles. Même s'il avait sa carte d'Autorisation de Sortie Nocturne sur lui, il préférait ne pas avoir à la montrer sans motif réel. Parfois, ils vérifiaient la validité du déplacement et enquêtaient sur la réalité de la destination. La carte d'ASN avait été envoyée à tous les médecins, la veille de l'annonce du couvre-feu. Le gouvernement avait dû prendre cette mesure de sécurité à cause d'une recrudescence de bandes armées qui s'attaquaient aux gens dans la rue. Smog y avait vu un signal. Le temps était venu pour lui de lancer l'Organisation dans l'action.

Il arriva chez lui une demi-heure plus tard. Offalia n'était pas couchée. Elle se précipita.

— J'étais inquiète. Ils ont annoncé des arrestations dans la soirée.

— Où ça?

— Ils ne l'ont pas dit.

— Ce n'était pas dans le quartier en tout cas. Des enfants-rats ?

— Je ne crois pas. En général, ils précisent quand ce sont des enfants-rats.

— Une bande de pilleurs, peut-être.

Il poussait la porte de la chambre lorsque le téléphone sonna. Offalia répondit et nota l'adresse.

— La petite Dextat. Elle a perdu les eaux, annonça-t-elle en raccrochant.

— Ne m'attends pas avant longtemps, dit-il en saisissant sa mallette de travail, c'est son premier, ça peut durer. Je t'appellerai.

Les Dextat habitaient deux pâtés de maison plus loin. À l'angle de sa rue, il tomba sur une patrouille. Deux militaires, mitraillettes en bandoulière. L'un des hommes braqua son arme dans sa direction et l'autre lui demanda s'il avait une carte ASN. Il farfouilla dans sa poche et la lui tendit. L'homme y jeta un rapide coup d'œil.

— C'est bon, docteur. Vous pouvez circuler.

Smog replaça son ASN dans sa poche et continua son chemin.

Il rentra chez lui le lendemain matin vers dix heures. Il posa un baiser sur les lèvres d'Offalia. Elle lui désigna la salle d'attente.

— Il y a quelqu'un pour toi, souffla-t-elle en lui rendant son baiser, elle est arrivée la première. Rien de grave, j'espère.

— Le point hebdomadaire, rassura Smog.

Il avait déjeuné chez les Dextat, après la naissance du bébé. Un garçon. Il ne prit pas le temps de se changer. Il se dirigea vers la porte de la salle d'attente et l'ouvrit. Huit personnes patientaient, assises sagement, le regard tourné vers la porte.

— Je vous prie d'excuser mon retard ; une naissance.

Il fut excusé par huit sourires. Smog avait tissé un lien particulier avec chacun de ses patients.

— À qui le tour ? s'enquit-il.

Une jeune femme se leva et boitilla jusqu'à lui.

— Oh, oh, entorse ! prédit-il en lui serrant la main, allons-y !

Elle le suivit en clopinant jusqu'à son bureau. Il referma les deux portes qui isolaient la pièce du reste de la maison. Il s'assit et fit signe à la jeune femme de s'asseoir en face de lui.

— Allez-y, encouragea-t-il en désignant la feuille qu'elle venait de sortir de son sac à main.

— Cinq mille virés de la sécurité sociale, ce mois-ci.

— Chômage ?

— Huit mille de plus, rien que pour le mois d'avril. Cent cinquante enfants-rats arrêtés...

— Et nous, où en sommes-nous avec les enfants-rats ?

— Cinq seulement ont accepté de suivre nos contacts, répondit-elle d'un ton résigné.

Il y eut un nouveau silence.

— C'est un échec total de ce côté-là, ajouta-t-elle.

— Parce qu'on travaille en surface. Il faudrait pouvoir entrer dans les égouts, fit remarquer Smog, enfin, c'est déjà cinq... Avec les enfants-rats, nous ne pouvons espérer des miracles. Vous le savez, Véra, dit-il.

— Oui, mais je ne l'accepte pas.

— Ils en ont envoyé vingt-cinq dans une opération de déminage, la semaine dernière. Dix sont morts. Une bombe de la Seconde Guerre mondiale qui avait été découverte à la faveur du chantier 9.

— Le chantier 9, c'est à Noyl, ça ?

— Oui, les fouilles dans l'amphithéâtre.

— Ils envoient des enfants-rats repêchés en déminage ?

— On ne les oblige pas. Dès qu'ils ont seize ans, on prend les plus mauvais à l'école, on leur explique qu'ils peuvent quitter le pensionnat, arrêter les études et rejoindre le monde du travail s'ils préfèrent. On met à leur disposition une liste d'entreprises qui cherchent du personnel. Évidemment, il s'agit de boulots dont personne ne veut. Mais officiellement, on leur a laissé le choix.

— Le choix ! Mais comment peuvent-ils choisir, ces enfants qui n'ont rien connu d'autre que les égouts ?

— On conforte juste les bonnes consciences...

— Tous les boulots dangereux sont dans leur liste, j'imagine ?

— Oui... Alors, vous voyez, Véra, quand on réussit à convaincre cinq enfants-rats de nous suivre, on évite qu'ils acceptent d'aller faire des travaux dangereux...

— Oui, accorda-t-elle.

— Rendez-vous le 30 mai à l'adresse habituelle, reprit Smog, j'ai une réunion importante à la ferme, le 26. Des décisions suivront, je pense...

— C'est Phitenry qui viendra pour le point hebdomadaire la semaine prochaine.

— Entendu.

Il rédigea une ordonnance, attrapa la carte informatique d'assurance sociale qu'elle lui tendait, l'introduisit dans l'ordinateur, la lui rendit et récupéra la feuille qu'elle avait apportée. Il se leva et alla la ranger dans son coffre.

— Cette nuit, j'ai aidé une jeune fille de dix-huit ans à accoucher.

— Pas de sécu...

Il confirma d'un signe de tête et se mâchouilla les lèvres. Il y eut un bref silence.

— La mère et le bébé vont bien, finit-il par dire... C'est ce que je redoute le plus, les accouchements... Si ça tourne mal, je n'ai pas les moyens d'une clinique, surtout quand ça se passe à domicile... Ici, encore !... Je suis mieux équipé...

— Si toute cette misère poussait les gens à se regrouper !

Il la raccompagna.

— Huit jours d'immobilisation et vous trotterez comme un lapin. Portez-vous bien, mademoiselle Bournal, claironna-t-il avant de refermer la porte d'entrée.

Il retourna en chantonnant jusqu'à la salle d'attente.

— À qui le tour ? lança-t-il joyeusement.

# 9

C'était une nouvelle patiente. Elle le suivit avec hésitation jusqu'à son bureau et ne s'assit pas lorsqu'il l'y invita.

— Qu'est-ce qu'il y a ? s'enquit-il.

— Je... Voilà... euh... docteur...

— Je vous écoute, encouragea Smog bien qu'il devinât ce que la jeune femme voulait lui dire.

— Je... J'ai été licenciée le mois dernier... Mon mari est au chômage depuis deux ans... et il n'a plus d'allocations depuis un an et demi...

— Et il y a quinze jours vous avez été virée de la sécu, termina-t-il.

Elle acquiesça d'un hochement de tête.

— Nous n'avons plus droit à rien, enfin nous avons mon allocation chômage...

— Mais pour deux mois seulement...

— Une somme très faible, confirma-t-elle, une voisine m'a dit que...

— C'est exact, la coupa Smog en sortant une fiche neuve, asseyez-vous et dites-moi ce qui vous amène.

— J'ai une douleur dans la poitrine depuis une semaine...

— Nous allons voir ça. Je vais remplir votre fiche, d'abord. Il me faudrait votre nom, votre date de naissance, votre adresse...

Elle égrena les informations tandis qu'il les transcrivait sur sa fiche. Puis, il l'examina.

— Vous n'avez rien. C'est de l'angoisse. Dans votre situation, cela ne me paraît pas étonnant. Vous avez des enfants ? demanda-t-il en revenant à son bureau.

— Deux.

— Quel âge ?

— Six ans et trois ans.

— Ils vont bien ?

— Oui...

Smog consigna ses réponses sur sa fiche.

— Ils ont été suivis régulièrement jusque-là ?

— Oui...

— Je prendrai le relais. Amenez-les-moi dans les délais normaux.

— Mais, docteur, vous n'avez pas peur d'avoir des ennuis avec les autorités ? s'inquiéta-t-elle.

— Des ennuis ! Et de quoi pourrait-on m'accuser ? Je n'exerce pas illégalement ! En tant que médecin, je ne peux trahir le serment d'Hippocrate qui me fait obligation de soigner mon prochain. Si certains de mes patients ne peuvent pas me payer, j'ai le devoir de les soigner, et c'est ce que je fais ! répondit-il d'un ton enjoué.

— Mais de quoi vivez-vous ?

— Soyez sans souci pour moi. Ceux de mes patients qui sont affiliés à la sécurité sociale me permettent de gagner ma vie...

Il s'était relevé et, tout en lui parlant, il remplissait un sac en papier avec des herbes qu'il choisissait dans les tiroirs d'un vieux meuble en bois qui, telle une bibliothèque, couvrait deux murs entiers.

— En tisane, chaque soir avant de vous coucher... Laissez infuser cinq minutes avant de boire, conseilla-t-il en lui tendant le sac plein, ces plantes devraient vous aider. Il faut compter au moins quatre jours avant que cela fasse effet. Revenez dans dix jours si cela ne vous a pas soulagée. Prenez rendez-vous avec ma secrétaire et demandez une séance de médecine chinoise.

— Acupuncture ?

— C'est cela.

— Je ne pourrai vraiment rien payer, vous savez..., insista-t-elle.

— Je le sais, madame Adeine, ne vous formalisez pas pour cela.

— Comment puis-je vous rem..., commença-t-elle.

— En n'hésitant pas à venir consulter comme vous le feriez si vous aviez une vie normale, la coupa-t-il gentiment, et surtout en n'acceptant pas ce qui vous arrive et en étant solidaire de tous les autres. Faites du troc si vous le pouvez, comme je le fais. Votre savoir-faire en échange du savoir-faire des autres... Et si le moment de la révolte venait, révoltez-vous !

Elle le regarda. Son visage marquait l'étonnement et l'interrogation. Plaisantait-il ?

— Je suis sérieux, affirma-t-il.

Un pâle sourire effleura le visage de la femme, témoignant de sa résignation et de son incrédulité.

— La pauvreté dépasse un seuil encore jamais atteint dans notre pays. Trente-cinq millions de chômeurs, vingt millions de gens dans une extrême précarité... Des millions de personnes en situation critique. Si tous ces gens se réunissaient, est-ce qu'ils ne pourraient pas un tout petit peu changer les choses ?

Elle hocha la tête.

— J'y penserai, assura-t-elle.

— Je vais voir auprès d'une amie assistante sociale si elle peut vous trouver un emploi. Quoi qu'il arrive, ne flanchez pas, continuez à chercher du travail. Surtout, ne quittez pas votre maison, squattez si nécessaire...

Il connaissait l'engrenage. Après des mois d'incertitude, d'angoisse et de précarité, les gens finissaient par quitter leur maison faute de pouvoir payer leur loyer. Ensuite, c'était la rue. Les adultes n'y survivaient pas longtemps, et les enfants disparaissaient dans les égouts. Vers la fin de l'année 2015, une enquête avait été commanditée par le dernier gouvernement à s'être préoccupé de questions sociales. On avait réussi à déterminer le type de population qui vivait dans les égouts. Des adolescents entre onze et vingt et un ans, revenus à un état presque sauvage. Seuls les plus forts résistaient. Les très jeunes enfants étaient éliminés dès leur arrivée... Les plus de vingt et un ans qui avaient tenu jusqu'à cet âge étaient enrôlés dans la délinquance adulte et mafieuse qui s'était développée dans les pays occidentaux, et depuis les pays de l'Est, au début des années 2010.

Smog raccompagna la jeune femme.

— J'y penserai, répéta-t-elle en lui serrant la main sur le seuil de la porte d'entrée.

— Merci, dit-il.

Il la regarda s'éloigner et sentit une immense lassitude. Pourquoi était-il si réceptif à la détresse autour de lui ? Pourquoi avait-il toujours été aussi réceptif à la détresse autour de lui ?

— Chez toi ce n'est pas une vocation, c'est un apostolat, lui avait dit sa mère lorsqu'il avait affirmé sa volonté de faire des études de médecine.

Il ne devait pas avoir plus de quinze ans. Il y avait si longtemps.

# 10

Irielle fut réveillée par un rayon de soleil qui s'était glissé entre le rideau et le bord du hublot de la chambre. Moïsa dormait à ses côtés, accrochée au sommeil de ses deux petits poings serrés. Jode n'était plus là. Irielle se leva sans bruit et le chercha en vain. Elle s'habilla et sortit sur la passerelle. Elle le trouva assis sur la première marche d'escalier.

— Que se passe-t-il ? demanda-t-elle, il n'y a aucun bruit. Il n'y a personne ?

— Ils sont en panne là-bas, répondit Jode en désignant l'entrée du chantier.

Irielle porta sa main en visière au-dessus de ses yeux et aperçut une foule au loin, massée devant les grilles.

— Je crois que je comprends, souffla-t-elle, ils ont dû se mettre en grève.

— Grève ? releva-t-il.

— C'est comme s'ils étaient en panne, mais parce qu'ils l'ont décidé.

— Ils se sont mis en panne tout seuls ? s'étonna Jode.

— Oui. Cela veut dire qu'ils refusent de travailler.

— Pourquoi ?

— Oh ! il peut y avoir plusieurs sortes de raison.

— Dis-moi, insista-t-il.

— Ils veulent qu'on améliore la sécurité du chantier, ou bien ils veulent être mieux payés, ou alors ils veulent plus de congés, et il peut y avoir d'autres raisons que j'ignore, ou encore toutes ces raisons à la fois.

— C'est ton père et ta mère qui te l'ont dit.

— Oui.

Quand une bizarrerie de la Zone Riche trouvait son explication dans le dire des parents d'Irielle, Jode conférait à cette explication une valeur sacrée. C'était comme une protection magique. Il aimait bien cette idée qu'Irielle avait eu une vraie maman et un vrai papa. Il aimait bien savoir que ses parents lui avaient enseigné tant de choses. Cela le rassurait. Irielle lui transmettait tout ce qu'elle avait appris, et peut-être qu'un jour lui aussi pourrait vivre dans la Zone Riche. En attendant, il connaissait ce monde à travers les histoires qu'elle lui racontait et grâce à ce qu'il glanait lors de leurs escapades en surface dans la ville. « La capitale de notre pays », lui avait dit Irielle.

— C'est dangereux pour nous, la grève ?

— Non... Au contraire. Si elle dure et s'ils bloquent l'entrée du chantier, on va pouvoir rester là plus tranquillement que s'ils travaillaient, expliqua Irielle en encerclant les épaules de Jode de son bras droit.

Elle le berça avec douceur en fredonnant une chanson que chantonnait sa grand-mère maternelle chez qui elle avait passé la plupart de ses étés d'enfant.

— J'ai faim, déclara Jode au bout d'un moment.

— Oui ! approuva Irielle, déjeunons avant que Moïsa se réveille.

Dans la cuisine, Irielle remplit deux bols de lait et attrapa un sac en papier plein de gâteaux secs. Ils regagnèrent le salon jaune et s'installèrent chacun sur un fauteuil.

— Raconte-moi une histoire de quand tu étais petite, demanda Jode en trempant son gâteau dans son lait.

— Une que tu connais déjà ou une nouvelle ?

— Une nouvelle que tu ne m'as jamais dite. Mais pas une triste.

Irielle réfléchit un court instant.

— Je sais de quoi je ne t'ai jamais parlé, commença-t-elle.

— C'est quoi ? s'enquit Jode avec la curiosité gourmande qui le caractérisait.

— L'océan ! Chaque été, j'allais chez mes grands-parents qui louaient une maison au bord de l'océan... Je vais te dire comment j'aimais les couchers de soleil.

Jode se cala dans son fauteuil. Et tout en sirotant son lait, il écouta avec avidité l'histoire d'Irielle. Il tenta d'imaginer ces vagues à l'écume blanche qui roulaient sur le sable et cette boule de feu rougie par la fin du jour qui disparaissait lentement sous l'horizon. Pour lui, le soleil s'était toujours couché derrière les carlingues des avions... Lorsque sa petite maman eut terminé, il se leva, posa son bol sur la table basse et se dirigea vers le coin où étaient entreposés les livres.

— J'aimerais bien voir des photos de ça ! On en a un, de livre sur l'océan ? questionna-t-il.

Irielle le rejoignit et tous deux se mirent à chercher des photos de l'océan dans les encyclopédies et les livres documentaires qu'ils alignèrent sur l'épaisse moquette grise du salon. Leur travail était déjà bien avancé quand un miaulement de chat en colère leur parvint depuis la chambre d'Irielle. Jode fut le premier debout.

— Moïsa a faim, dit-il, en tirant Irielle par la main.

# 11

La grève dura trois semaines. Les premiers jours, la foule des ouvriers se tint massée devant les grilles d'entrée du chantier. Puis, les hommes semblèrent s'organiser. Des groupes d'une dizaine de personnes se relayèrent afin de maintenir l'inactivité et d'empêcher d'entrer ceux qui voulaient travailler.

Irielle organisa la vie autour du rythme du nouveau-né. Elle travailla un peu à la boulangerie. Avec ses gains, elle acheta une partie des couches nécessaires à Moïsa et réussit à voler l'autre partie, une nuit, dans l'entrepôt du supermarché. L'idée de se faire prendre, et de mettre ainsi en danger le devenir des deux enfants, était insoutenable. Elle fit donc une bonne provision afin de ne pas multiplier ce genre d'expédition.

Elle continua de dérober le lait à la ferme.

Tôt le lundi matin de la quatrième semaine, des bruits fracassants retentirent dans tout le chantier. Irielle pensa que la grève avait cessé. Moïsa ayant pris des forces, mieux valait ne pas demeurer là plus longtemps. Ils restèrent calfeutrés dans l'avion toute la journée et préparèrent leur départ. Ils devaient retourner à la cache-semaine qui se trouvait à plus d'une heure de marche à travers les égouts et qui allait leur imposer de passer les journées dans les tunnels ou en surface. Retrouver le danger quotidien avec Moïsa... Irielle sentit peser le poids de cette vie d'errants sans cesse traqués. Elle avala ses larmes et ne montra rien à Jode de son anxiété.

Avant de partir, elle fit asseoir Jode en face d'elle.

— Tu n'as pas oublié les consignes ?

— Non, assura Jode.

— Combien de groupes et lesquels ?

— Trois groupes. Les consignes de déplacement, les consignes de rencontre avec une horde dans les égouts, et les consignes de rencontre en surface avec la police ou avec des adultes de la Zone Riche.

— Bien. Je t'écoute. Et d'abord, les consignes de déplacement.

— Un : silence absolu quand on est dans les égouts. Je ne dois pas parler et je ne dois faire aucun bruit. Sous aucun prétexte. S'il y a un problème, je te serre la main très fort et je te fais tout comprendre par gestes, commença-t-il.

Jode répéta sans hésitation chacune des consignes et acheva sa récitation par un « voilà » plein de fierté.

— C'est vraiment bien, le complimenta Irielle, je te rappelle que ces consignes doivent être suivies à la lettre. Même s'il te venait une idée différente, même si tu m'avais perdue... Est-ce que tu te souviens du lieu où tu te rendrais si nous étions séparés ?

— Ici, à la cache-avion, répliqua Jode.

— Parfait, le félicita encore Irielle, on va y aller, maintenant.

Ils se mirent en route dès que la nuit fut tombée. Jode portait son petit sac à dos. Il contenait des vêtements et des couches. Irielle avait également un sac sur le dos dans lequel elle avait entassé des bouteilles d'eau, des conserves et une grosse boîte de lait maternisé qu'elle avait achetée la veille au supermarché. Avec des draps récupérés dans un des placards de l'avion, elle avait confectionné un genre de hamac qu'elle avait attaché autour d'elle de façon à porter Moïsa serrée contre sa poitrine.

— Si on pouvait rester là tout le temps, se désola Jode en descendant la passerelle.

Irielle comprit, à la tension de la main du petit garçon dans la sienne, qu'il venait de réintégrer d'un coup la discipline drastique des déplacements dans les égouts. Elle soupira.

Au fur et à mesure qu'ils approchèrent de la station d'épuration, Irielle sentit l'angoisse oppresser sa poitrine. Moïsa dormait, apaisée par le balancement de la marche et la chaleur du corps de sa petite maman.

La nuit, chaude et sans lune, crépitait sous une myriade d'étoiles que ne voilait aucun nuage. Mais ni Irielle ni Jode ne s'en aperçurent.

À l'entrée du tunnel, Irielle risqua une oreille. Aucun son suspect ne lui parvint. Elle tira sur la main de Jode qui rechignait. Ils grimpèrent sur le quai et reprirent leur trajet.

Fétide, mordante, repoussante, l'odeur leur souleva le cœur. Moïsa toussota dans son sommeil comme pour la chasser. Il leur fallut avancer jusqu'à ne plus distinguer la lumière des lampadaires de la station quand ils regardaient en arrière, avant de ne plus en sentir l'intensité nauséabonde.

Enfin, ils atteignirent les dessous de la ville. Irielle le sut grâce aux noms des rues inscrits sur les plaques aux intersections des tunnels. Lorsqu'on sortait de la ville, il n'y avait plus que des indications de direction.

Ils étaient à la moitié du chemin. Moïsa couina. Irielle s'arrêta pour la caresser et la bercer en secouant le hamac doucement de haut en bas. Elle glissa le bout de son petit doigt dans la bouche du bébé, et ils repartirent.

Bientôt, ils arrivèrent à la dernière bifurcation avant la cache-semaine. La lumière des réverbères de la rue s'infiltrait à travers la bouche d'égout, juste au-dessus.

Ils n'eurent le temps de rien. La horde leur tomba dessus en braillant et fit cercle autour d'eux. Irielle lâcha la main de Jode et ce dernier sauta en hurlant dans le canal, ce qui déclencha le rire de la horde.

— Noyé ! lança une voix hilare.

Un gars s'approcha d'Irielle.

— T'as quoi là, d'vant ? interrogea-t-il, goguenard, à cause d'ça, j'vois pas tes nichons.

Irielle était tétanisée. Elle sentait son esprit se paralyser autour des images de sa première et unique rencontre avec une horde. Le visage de sa mère hurlant sous les coups. L'expression de stupeur terrifiée de son père. Son hurlement désespéré lui commandant la fuite. Aujourd'hui, elle n'avait plus de jambes.

Yentlane lui arracha le hamac et brandit Moïsa par le bras. L'enfant poussa un cri de douleur et se mit à hurler. Irielle s'élança, mais une main brutale l'attrapa à la taille et une autre la bâillonna par-derrière.

— J't'veux toi, la fille ! aboya Yentlane.

Et d'un geste vif de la main, il jeta Moïsa dans le canal.

— Encore noyé ! s'exclama-t-il, et aussitôt la horde émit un cri de victoire bref et hargneux.

Ensuite, tout alla très vite. Yentlane s'approcha d'Irielle qui était toujours prisonnière de la main féroce autour de sa taille et de celle, bâillonnante, qui s'était plaquée sur sa bouche. Il lui passa la main dans les cheveux et lui tâta les seins.

— Pas mal ! ricana-t-il, t'es à moi, maint'nant, j'vais l'prouver à tout l'monde, tout d'suite. Pas vrai, les gars ?

— Police ! beugla une voix au même moment.

Aussitôt, Irielle fut lâchée et en moins d'une demi-seconde la horde avait disparu. Mais déjà une main ferme et autoritaire s'était emparée de la main d'Irielle et l'avait entraînée dans la direction d'où elle était venue.

— Cours ! ordonna une voix de garçon.

Terrifiée, éperdue de chagrin, elle obéit. Pourtant, en quelques secondes, elle se reprit et s'arrêta.

— T'dois courir. N'aie pas peur. S'y r'viennent..., commença le garçon.

— Mes enfants, le coupa-t-elle.

— Y sont morts noyés, déclara la voix.

— Non ! Je veux les retrouver, je me fiche de la police.

— Y a pas d'police. J'crié ça, c'tait l'seul moyen d'les faire partir. Faut faire gaffe, Yentlane, la horde, y pourraient rev'nir.

Irielle ne voyait qu'une silhouette. Il faisait trop sombre pour distinguer le visage du garçon. Cependant, elle percevait la honte, la peur et une espèce de gentillesse dans les intonations de son sauveur.

— Ils ne reviendront pas tout de suite s'ils croient que la police est là, affirma-t-elle en repartant vers le lieu de l'agression.

Le garçon la rattrapa, l'encercla de ses deux bras et tenta de l'arrêter. Irielle continua à avancer. Il trébucha, mais se récupéra en la serrant contre lui. Elle pivota, et plaqua ses mains contre sa poitrine afin de le repousser. Il puait horriblement. Irielle sentit son estomac se contracter et elle redoubla ses efforts pour éloigner le garçon. Il la serra un peu plus et la contraignit à reculer. Il gagna du terrain. Elle résista et arrêta leur progression. Il s'essoufflait. Il fatiguait. Mais il luttait. Son corps puant collé contre le sien. Elle ne faiblit pas et, au lieu de chercher à se défaire de son emprise, elle passa ses bras autour de sa taille, s'agrippa à lui et se mit à le pousser. Petit à petit, elle regagna le terrain perdu. Elle sentit le garçon glisser dans la direction où elle le menait. Sa force était décuplée par l'espoir fou qui l'avait envahie quelques instants auparavant ; il n'y aurait ni police, ni horde sur les lieux, elle pourrait descendre dans le canal et chercher.

— J't'en prie, supplia-t-il, sauv'toi. T'les retrouv'ras pas, l'eau les z'a noyés. J'peux t'aider s't'veux.

— Ils sont vivants, je le sais, assura-t-elle avec autorité.

— Vivants ? répéta-t-il en cessant de résister, comment t'peux...

Une immense fatigue la submergea d'un coup.

— Jode sait nager, dit-elle, lui au moins...

Elle avait lâché sa taille. Il la tenait toujours serrée. Il ne luttait plus. Elle ne chercha pas à lui échapper.

— Nager ? interrogea-t-il, incrédule.

— Je lui ai appris.

— Toi aussi, t'sais ?

— Oui.

— Dépêche, alors ! décréta-t-il.

Et il l'entraîna.

À l'endroit où le canal bifurquait, Irielle entra dans l'eau.

— Jode, chuchota-t-elle, c'est moi, Irielle. Oh, Jode, réponds-moi.

Un silence. Puis, un petit tapotement sur son ventre. Puis, la douce chaleur d'un petit corps qu'on pressait sur sa poitrine. Irielle referma ses bras sur Moïsa.

— Ils sont là, annonça-t-elle à Nolane, tu peux nous aider à remonter.

— T'es sûre ? s'inquiéta Jode d'une voix si ténue que seule Irielle l'entendit.

— Je crois, oui, murmura-t-elle, de toute façon, nous n'avons plus le choix.

Elle avait penché son visage sur le visage du bébé et approché ses lèvres contre les narines de l'enfant. Elle sentit son souffle.

— Vite ! implora-t-elle.

Nolane les aida à remonter sur le quai.

— Maint'nant, filons, ordonna-t-il, suivez-moi.

— Non. Toi, suis-nous, je connais un endroit sûr, intima Irielle.

— Où ?

— En dehors des égouts.

— En dehors des égouts ?

— Oui.

— Alors, j't'suis.

— Nous devons l'avoir atteint avant le jour, ajouta-t-elle d'un ton autoritaire.

# 12

Ils marchèrent en silence jusqu'à la station d'épuration. Nolane se retournait sans cesse afin de s'assurer qu'ils n'étaient pas suivis. Tout en avançant, Irielle avait attrapé une bouteille dans son sac et nettoyé le visage de Moïsa comme elle avait pu. Puis, elle avait versé le contenu de la bouteille sur Jode. L'idée que les deux enfants avaient séjourné, même peu de temps, dans l'eau du canal lui était insupportable. Moïsa semblait dormir. Cependant, son calme inquiétait Irielle. L'enfant était sous le choc. Irielle aurait aimé pouvoir lui dire des mots tendres afin de la réconforter. Mais le danger restait présent. Mieux valait éviter d'émettre le moindre son.

Arrivée au bout du tunnel, Irielle se tourna vers Nolane. Comme elle l'avait pressenti pendant leur corps à corps, il devait avoir son âge. Ses vêtements étaient en loques. La peau de son visage et ses mains étaient maculées de crasse.

— Merci, lui dit-elle d'un ton dur, au revoir.

— J'peux pas r'tourner dans les égouts, maint'nant Yentlane m'tuera.

— Qui est Yentlane ?

— L'chef d'la horde.

— Trouve-toi quelque chose dans la campagne, conseilla-t-elle en s'éloignant lentement.

Ce que voulait Nolane, c'était rester avec cette fille. Il sentait bien qu'elle n'était pas une enfant-rat comme les autres. Elle vivait seule avec deux petits enfants. Elle n'avait pas peur de se risquer dans la campagne. C'était inhabituel. Intuitivement, il comprenait qu'elle représentait tout ce qu'il avait toujours cherché sans le savoir lors de ses escapades. Il voulait rester avec elle et ne savait pas comment le lui dire. Comment cette fille aurait-elle pu lui faire confiance ? La horde avait failli mettre sa famille en charpie. Comment pourrait-elle croire qu'il n'était pas comme eux ? Peut-être pensait-elle qu'il l'avait sauvée uniquement afin de la garder pour lui ?

— Attends ! lança-t-il à mi-voix.

— Quoi encore ?

— J'voudrais aller 'vec vous, se décida-t-il.

— Il n'y a aucune raison pour que tu viennes avec nous.

— Si ! riposta Nolane, mais son intonation n'avait rien d'agressif.

— Ah oui ?

— J'vis dans la horde parc'qu'on m'a mis là, mais j'aime pas ça. J'peur. J'les déteste. J'veux vivre autr'ment.

Il n'avait pas bougé. Il ne savait que faire de son corps pour ne pas les effrayer, elle et le petit garçon.

— T'dois m'croire, insista-t-il, j'su pas comme eux. J'taurais pas sauvée, si j'tais comme eux.

Irielle s'était arrêtée. Nolane ne broncha pas.

— S'y m'prennent, y m' tueront. Crois-moi. T'dois m'croire..., implora-t-il.

Dans ses yeux noirs, Irielle voyait de la gentillesse et de l'étonnement. Elle prit un petit temps de réflexion. Il avait l'air sincère et grâce à lui, ils étaient saufs. Dans le tunnel, malgré sa peur, il avait finalement accepté de l'aider à retrouver Jode et Moïsa. Et il n'avait manifesté aucune animosité contre les enfants. Elle avait même perçu de la compassion dans son attitude. Elle conclut qu'il avait droit à une chance.

— D'accord. Tu viens avec nous. Mais si tu nous trahis, c'est moi qui te tuerai, déclara-t-elle.

— Ouais, ponctua Jode avec ferveur.

— J'pas l'intention d'vous faire du mal, assura Nolane, s'non, pourquoi j'vous'rais sauvés ?

Il avait dit cela avec une réelle sincérité. Irielle l'avait perçu à la douceur de sa voix.

— Je m'appelle Irielle Rodelle et voici Jode et Moïsa Rodelle.

— Nolane, répondit Nolane.

— T'as pas de nom de famille ? s'étonna Jode.

— Nom d'famille ?

— Le même que ta mère et ton père et tes frères et tes sœurs, si tu en as, expliqua Jode.

— Euh... J'sais pas, j'su...

— On verra ça plus tard, le coupa Irielle en se remettant en route, ne restons pas là, c'est dangereux.

Ils traversèrent la station sans apercevoir un seul gardien. L'absence de présence humaine était palpable et, loin d'en être rassurée, Irielle en conçut une inquiétude étrange. Comme si l'air véhiculait une menace.

Lorsqu'ils franchirent la brèche dans le grillage du chantier, le jour n'était pas encore levé, mais déjà une lueur blafarde envahissait le ciel. Irielle déposa Moïsa dans les bras de Jode et somma Nolane de l'aider. Ensemble, ils vidèrent à moitié les cuves qui lui servaient à recueillir l'eau de pluie. Puis, Irielle alla chercher du savon, une serviette et des habits propres pour les deux enfants. Elle reprit Moïsa dans ses bras.

— Vas-y, Jode ! L'eau est vraiment froide, dit-elle, mais tu dois te laver entièrement. L'eau du canal est putride.

— Putride ? releva Nolane.

— Pourrie, ça te va ?

— Oui. J'comprends.

— Non, tu ne comprends pas, claqua Irielle, je crains les maladies.

Nolane se réfugia dans la prudence. Il ne répondit pas.

Jode ôta ses vêtements et entra dans l'eau. Elle était glacée, mais il ne s'en plaignit pas.

— Rince-toi bien, et lave-toi deux fois de suite. Même les cheveux, ordonna Irielle tandis qu'elle déshabillait Moïsa.

— Et Moïsa, aussi ? s'enquit Jode.

— Je vais la laver dans l'autre cuve. Il faut faire vite avant l'arrivée des ouvriers. Moïsa est trop petite pour comprendre qu'il ne faut pas crier.

Elle s'assit et allongea Moïsa sur ses jambes tendues. Elle passa ses mains mouillées sur tout le corps de l'enfant, la savonna longuement, et la plongea avec douceur dans l'eau. L'enfant poussa un rugissement lorsque le froid saisit son petit corps.

— Là, là. Ça va aller, mon bébé, murmura Irielle, il le faut. L'eau du canal est mauvaise.

Nolane regardait la scène sans dire un mot, fasciné par les gestes à la fois résolus et pleins de tendresse d'Irielle. Lui n'avait jamais rien connu de semblable. Il ne s'en souvenait pas en tout cas. Le visage de son frère aîné Atlane s'imposa soudain à son esprit. Nolane prit conscience qu'il lui avait témoigné de l'affection, même s'il ne lui avait jamais rien dit, ni montré. Il l'avait protégé. Cela avait été sa manière à lui de l'aimer. Atlane lui manquait. Il en éprouvait la sensation seulement maintenant.

Irielle rinça abondamment la petite fille, la sécha, la frictionna et embarqua tout le monde dans l'avion. Bien qu'il n'eût pas été invité à le faire, Nolane suivit. Arrivée en haut de la passerelle, Irielle se retourna vivement.

— Va te laver, toi, maintenant ! Et savonne-toi à fond. Tu sens tellement mauvais que je me croirais tombée dans une poubelle ! lança-t-elle à Nolane, et les cheveux aussi ! Et plusieurs fois ! J'ai laissé le savon.

Nolane fit demi-tour et redescendit jusqu'aux cuves. Il choisit celle où Irielle avait baigné le bébé, se dévêtit et plongea dans l'eau froide.

Il achevait son troisième lavage quand il entendit les

pas d'Irielle qui arrivait derrière lui. Il sursauta et s'accroupit dans la cuve.

— Tu es pudique ! se moqua Irielle, ne t'inquiète pas, je t'apporte juste une serviette et des vêtements. On fait la même taille, toi et moi. Je t'ai mis un pantalon et un tee-shirt. Pour la culotte, je n'ai rien d'autre. De toute façon, c'est mieux que ce que tu avais sur toi. Je te mets tout ça sur le bord de l'autre cuve.

Nolane attendit qu'elle disparût dans l'avion pour sortir de l'eau, se sécher et s'habiller. Lorsqu'il les rejoignit dans la chambre d'Irielle, il les trouva tous les trois sur le lit.

— Tu ne te sens pas mieux, par hasard ? s'enquit Irielle qui s'était changée elle aussi après s'être rincée rapidement dans la salle de bains de l'avion.

Le mot « bizarre » eût été plus approprié à la perception nouvelle que Nolane avait de son corps. Néanmoins, « mieux » avait l'air d'être d'une telle évidence pour la fille qu'il ne voulut pas la contrarier.

— Si. Mieux, répondit-il.

Sa réponse la fit sourire. Il comprit que ce sourire n'était pas bienveillant, mais moqueur. Il en éprouva un petit pincement au cœur, se garda de n'en rien montrer et recula contre la paroi de la carlingue comme pour s'effacer de la scène. Déjà, la fille avait retourné son attention vers les deux enfants.

— Tu veux aussi un biberon de lait ? demanda Irielle à Jode tandis qu'elle diluait le lait de Moïsa dans une bouteille, ça te fera du bien, tu vas voir.

Jode s'installa dans son lit et but son biberon d'un trait. Après quoi, il s'endormit aussitôt.

Irielle remplit de nouveau le biberon et prit la petite fille dans ses bras.

Moïsa joua un long moment du bout des lèvres avec la tétine. Elle suçotait le bout de caoutchouc, hésitait, le mâchouillait de ses gencives, mais ne buvait pas.

— Bois, l'encouragea gentiment Irielle.

La petite fille s'excitait maintenant sur la tétine avec des petits mouvements nerveux de la tête.

Irielle lui caressa le front tout en lui parlant :

— Le chef de la horde t'a attrapée. Tu as eu très mal à ton bras et à ton épaule. Et il t'a jetée dans l'eau. Tu as eu peur, Moïsa. Heureusement, Jode était là, il t'a sauvée... On n'ira plus jamais là-bas. Ils ne pourront plus te faire de mal. Je te le jure.

Nolane était sidéré. Cette fille devait être folle. Parler à un bébé ? Déjà, elle l'avait fait au moment du bain ! Comme si les bébés pouvaient comprendre des mots qu'ils ne savaient pas dire ! Nolane ne prit pas le risque de dévoiler ses pensées à Irielle. Il émanait d'elle une autorité qu'il craignait. Sa crainte n'avait rien à voir avec la peur. Il n'avait pas peur d'elle. Non. Sa crainte lui venait de son étonnement. La manière d'être d'Irielle, ses gestes, ses paroles, tout en elle suscitait l'étonnement. Quand elle l'avait menacé de le tuer s'il les trahissait, il l'avait crue sans mal. Pour protéger les deux enfants, Nolane avait compris qu'elle n'hésiterait pas. Pourtant, il n'y avait aucune méchanceté chez cette fille triste et déterminée.

Et puis, il arriva à Nolane une chose insoupçonnable. Les paroles d'Irielle se mirent à couler dans ses veines. Il se laissa bercer par le ton de sa voix et ses mots frayèrent un chemin en lui. Ils lui dévoilèrent une palette d'émotions nouvelles. Il sentit une tranquillité l'envahir qu'il n'avait jamais goûtée jusqu'alors, même dans les moments où, délaissant la horde afin d'échapper à sa brutalité, il parvenait à séjourner quelque temps dans un abri isolé.

Le jour se faufilait par les hublots. Un rai de lumière tombait sur les longs cheveux rouges de cette fille qui lui sembla tout à coup venir d'un autre monde.

Nolane concentra son attention sur l'enfant qui avait cessé de s'énerver sur la tétine. Ses yeux étaient grands ouverts et regardaient fixement le visage d'Irielle penché sur elle. Et dans ce regard, Nolane comprenait que rien d'autre n'existait pour le bébé que le visage de la fille aux cheveux rouges dont la voix et les mots se posaient en vous comme une caresse.

Peu à peu, Moïsa s'apaisa. Une esquisse de sourire glissa dans ses yeux et sur sa bouche. Elle se mit à téter mollement d'abord, puis vida son biberon goulûment.

— C'est bien, mon bébé, la félicita Irielle en l'appuyant contre son épaule.

L'enfant répondit par un rot étonnamment sonore. Irielle la berça contre elle longtemps, avant de la coucher.

## 13

Quand elle perçut sous sa main le souffle calme de Moïsa qui venait de s'endormir, Irielle sentit monter en elle une vague de terreur. La peur l'attrapait maintenant. Elle éclata en sanglots, se recroquevilla sur elle-même et laissa les larmes déferler.

Tout son corps se convulsait. L'effroi, la colère, la haine côtoyaient un chagrin violent. Les souvenirs revenaient, se mélangeaient. Moïsa pendue par le bras, Jode sautant dans l'eau, sa mère rouée de coups de pied, la main du chef de la horde sur ses seins, le visage déchiré de son père, sa lutte avec le garçon pour porter secours aux enfants.

Assis en face d'elle, Nolane faisait ce qu'il savait le mieux faire : il se taisait. Le chagrin de la fille trouvait sa résonance en lui, appelant des images et des sensations nouvelles qu'il sentait cependant et intuitivement lui appartenir de manière lointaine. Les paroles d'Irielle à Moïsa, quelques instants auparavant, avaient éveillé des émotions en lui, une tendresse enfouie, une paix oubliée qu'il laissait remonter lentement. Il s'abandonnait à ce trouble et acceptait d'y sombrer.

Irielle pleurait. Son chagrin n'avait plus d'origine, elle savait qu'il n'aurait jamais de fin. Elle pleurait. Hoquetait. Étouffait. Elle n'avait plus d'âge. Elle était une enfant perdue. Une adulte désemparée. Une adolescente esseulée. Irielle pleurait et Nolane se sentait de plus en plus égaré.

Elle pleura jusqu'à ce que le sommeil l'emportât. Alors Nolane se leva, attrapa le drap qui traînait au bout du lit, et le déposa sur le corps de la fille encore agitée de soubresauts. Puis, il se coucha par terre au pied du lit où dormaient Irielle, Moïsa et Jode, et il s'endormit lui aussi.

Un silence épais, çà et là traversé par le chant des oiseaux, réveilla Irielle. Moïsa et Jode n'étaient plus dans le lit. Le garçon n'était pas là non plus ! Irielle bondit.

L'instant de panique ne dura pas. La petite voix de Jode lui parvint depuis l'avant de l'avion.

Ils étaient dans la cuisine. Elle se leva et, sans bruit, s'approcha.

— ... et maintenant, c'est notre petite maman à tous les deux... Tu sais, tu te débrouilles pas mal pour le biberon, disait Jode.

— T'm'as bien aidé, répondait la voix de Nolane.

— Tu parles un peu bizarrement, je trouve pour un garçon si grand.

— J'parle comment ?

— Ben... pas comme nous, en tout cas.

Irielle s'était arrêtée avant la porte qui était ouverte.

— En tout cas, si tu restes avec nous, tu pourras peut-être devenir notre petit papa.

— J'sais pas si j'resterai 'vec vous. J'sais plus c'que j'dois faire, confiait Nolane.

— Tu dois la mettre sur ton épaule et elle va faire son rot, continuait Jode.

Irielle sourit. Elle attendit encore un instant avant d'entrer.

— Quand elle aura fait son rot, tu pourras me la donner, comme ça tu pourras déjeuner.

— Y a aut'chose qu'du lait ?

— Oui. Dans le placard au-dessus, là, il y a des gâteaux... Voilà, elle l'a fait. Donne-la-moi... Allez, Moïsa, viens là...

Irielle frappa sur la cloison et entra.

— Bonjour, dit-elle.

— J'préféré t'laisser dormir, l'accueillit Nolane, t'vais b'zoin d'récupérer après c'qui s'est passé c't'nuit.

— Et toi ?

— Oh, moi. J'dors mal t'façon. J'su habitué à être t'jours en veille.

— Tu as toujours vécu dans les égouts ?

— Oui. D'puis que j'su arrivé d'dans, la horde vit dans les égouts.

Irielle fit une grimace en entendant le mot « horde ».

— J'vivais avec la horde à cause d'mes frères. Le chef... Yentlane... C'mon frère... J'su pas com'lui...

Nolane soupira avant de poursuivre :

— J'venais de les r'trouver... On changeait d'planque. On a entendu un pt'it cri.

— C'était Moïsa.

— Y s'sont planqués.

— Et toi aussi ? accusa Jode.

— J'tais obligé d'faire comme eux, s'non j'risquais qu'y'm'tuent.

— Même si tu étais le frère du chef ? s'étonna Jode.

— Yentlane m'aurait tué si j'l'avais arrêté. Il a peur. La peur fait faire n'import'quoi. Faut l'savoir.

— L'embuscade ? relança Irielle.

— Y vous attendaient. Et y vous ont encerclés. J'vu Jode qui sautait dans l'eau...

— Je sais nager, et Irielle m'avait dit qu'il faudrait sauter dans le canal si une horde nous attaquait. C'est la consigne pour les hordes. Je me suis caché en m'accrochant à une pierre du quai. Je vous entendais, et je savais pas pourquoi Irielle ne sautait pas, elle aussi. Et Moïsa est tombée devant moi. Je l'ai attrapée tout de suite.

— J'vais trop peur, reprit Nolane, quand Yentlane a j'té l'bébé dans l'eau, j'p'vais plus penser. Et y s'est approché d'toi et j'sais c'qu'y fait aux n'velles filles..., et... tt'à coup, sans réfléchir, j'crié « Police ». C't'un truc entr'nous, si quelqu'un voit un flic, y crie « Police » et après ch'cun pour soi, et rend'vous à la planque où on a dormi.

— Je n'entendais plus personne, continua Jode, je croyais que la police avait emmené tout le monde. Je voulais remonter, mais j'avais peur qu'il reste un policier et qu'il me voie poser Moïsa sur le quai. Je savais pas s'il fallait que j'attende ou non... Je croyais que j'avais perdu Irielle.

Irielle réalisa combien Jode avait été secoué, lui aussi. Elle le prit dans ses bras et le câlina.

— Tu as été extraordinaire, lui dit-elle en l'embrassant, et tu as sauvé la vie de Moïsa.

Jode se laissa aller contre Irielle et lança un œil réjoui à Nolane.

— Est-ce que Nolane peut rester avec nous ? demanda-t-il.

— On va voir, éluda Irielle, de toute façon, on ne pourra pas rester enfermés là très longtemps.

— Mais il n'y a personne sur le chantier !

— C'est ce qui m'inquiète. J'aimerais savoir ce qui se passe. Il y avait du bruit hier matin et cela a duré toute la journée. C'est pour cela que nous étions repartis d'ici... Je n'aime pas ce silence... Et il n'y avait personne à la station d'épuration, hier soir et cette nuit. Cela ne m'est jamais arrivé de ne pas voir un gardien... C'est étrange comme coïncidence...

— On pourrait aller voir dans le chantier avec Nolane, proposa Jode.

— Toi, non. Mais Nolane, c'est une bonne idée, accorda Irielle.

— T'veux qu'j'vois quoi ?

— Tu fais le tour du chantier, sans être vu... Tu sais faire ça ? s'enquit-elle avec une pointe d'agressivité.

— Oui.

— Essaye de comprendre ce qui se passe. Comme ça, on aura une idée de ce qu'on doit faire.

Nolane acquiesça d'un signe de tête et sortit.

— T'es un peu méchante avec lui, je trouve, lui reprocha Jode.

— Je ne suis pas méchante. Je me méfie, Jode. Il a l'air gentil, mais il a vécu toute sa vie dans une horde. On ne doit pas lui faire confiance comme ça. Il faut attendre et rester prudent. Et toi aussi ! Tu dois rester vigilant, d'accord ?

— Oui, concéda-t-il à regret.

— Promets ! exigea Irielle.

— Promis.

Jode poussa un soupir et ajouta :

— On saura quand, si Nolane est vraiment gentil ?

— Je ne sais pas... Un jour, on le saura parce qu'on le sentira en nous.

— Moi, je le sens déjà un petit peu, se risqua Jode.

— Il faut que tu le sentes beaucoup et que je le sente aussi. Ça te va, comme ça ?

— Ça me va, se résigna-t-il.

# 14

Irielle avait voulu le voir de ses yeux tant cela lui avait paru invraisemblable. Moïsa dans son petit hamac et la main de Jode dans la sienne, elle avait suivi Nolane. Ensemble, ils parcouraient de nouveau le chantier. Nolane n'avait pas menti. Partout où ils passaient, les outils et les établis avaient été détruits. Le matériel avait été fracassé à coups de masse. Mais pas les avions. Ni ceux des hangars, ni ceux qui étaient parqués sur l'immense domaine.

— C'quoi c't'endroit ou qu'vous vivez ? interrogea Nolane.

— Un chantier de démantèlement.

— Des quoi ?

— Démantèlement, répéta Irielle, et elle lui expliqua la signification du mot « démantèlement ».

Elle lui raconta ensuite l'histoire de la fin de l'aviation.

— Pourquoi qu'on les z'a mis là ? demanda encore Nolane.

— Pour les détruire ! On ne s'en servira plus.

Tout en continuant à garder ses distances, Irielle répondait avec précision à toutes les questions de Nolane. Elle n'avait plus peur de lui. Néanmoins, elle ne pouvait se départir d'une vive hostilité à son égard.

— Y s'en serviront plus, c'sûr ? s'enquit Nolane.

— Je te l'ai dit, on a des aéro...

Elle s'arrêta et réalisa qu'elle était en train de parler comme si elle était toujours du monde de la surface.

— Ils ont des aérosolos, reprit-elle, et des vélos pour les moins riches. Seuls les flics ont des voitures pour assurer l'ordre dans les villes, précisa-t-elle.

— Ouais, y z'en ont ! confirma Nolane, et on les surveille leurs voitures, parc'que, l'problème, c'qu'on les z'entend presqu'pas. On s'fait prendre s'vent, comme ça !... Mais pourquoi qu'y z'en auront plus b'zoin des avions ?

Irielle expliqua et commenta les décisions politiques des deux dernières décennies en matière de gestion d'énergie et d'aviation.

— C'mieux ?

— Oui.

— T'sûre ?

— Oui. La pollution a rapidement diminué après la suppression des véhicules qui marchaient au pétrole. Mon père disait qu'on avait probablement sauvé la planète.

— Et son père, il savait tout, appuya Jode.

— C'vrai ?

— Non, dit Irielle en secouant la tête avec tristesse, il ne savait pas que le monde économique allait le tuer,

tuer ma mère, tuer des milliers de bébés et mettre des milliers d'enfants dans les égouts...

— Il savait quand même beaucoup de choses, insista Jode en donnant des petites secousses avec sa main sur le bras d'Irielle.

— C'quoi, l'monde économique ?

— C'est trop complexe, éluda Irielle, et je voudrais finir l'inspection du chantier pour savoir où on en est.

Elle conduisit Nolane dans les bureaux. Tout y était sens dessus dessous.

— C'est sérieux, cette fois, j'ai l'impression. Ce n'est pas qu'une simple grève, commenta-t-elle.

— C'est la guerre, tu crois ? questionna Jode à qui Irielle ne cessait de prédire une guerre entre les pauvres et les riches.

— Je n'en sais...

Nolane s'était arrêté devant un poste de télévision et coupa Irielle dans sa réponse.

— C'quoi, c'truc ? demanda-t-il, j'vu ça d'jà en surface. Y avait des trucs, d'dans.

— C'est une télévision, répondit-t-elle en allumant l'appareil.

— Comment t'fait ça ? s'exclama Nolane en voyant l'image apparaître.

Irielle montra l'interrupteur.

— T'sais ça, aussi ?

— J'ai vécu longtemps en surface.

— T'm'raconteras ?

— Plus tard.

— C'qui, lui ?

Un homme, filmé en plan serré, déclamait un texte derrière un pupitre.

— C'est le président de la République ! C'est écrit dessous, informa Jode avant de se tourner vers Irielle, c'est lui le chef de notre pays ?

Irielle acquiesça d'un signe de tête.

— C'est à cause de lui qu'on est pauvres et que tu étais dans les égouts, expliqua Jode à Nolane d'un ton savant.

— C'vrai ? demanda ce dernier à Irielle.

— Ce n'est pas aussi simple, mais d'une manière rapide, on peut dire ça. En fait, il y a un gouvernement... Oh ! et puis, je n'ai pas envie de t'expliquer ça maintenant. De toute façon, tu n'y comprendrais rien. Tu manques de toutes les données de base ! s'énerva soudain Irielle, et je veux finir cette visite.

— Moi, j'ai les données de base, revendiqua Jode, et tu ne m'as pas répondu sur la guerre.

— Je ne sais pas si c'est la guerre. Je ne sais pas ce qui se passe. Ça ressemble à une grève... Pourtant... Ce qui m'étonne, c'est qu'ils ont cassé le matériel...

Ils avaient quitté les bureaux. Ils retournèrent dans le secteur des ateliers et les visitèrent tous avant d'aller inspecter les avions.

— Y faisait quoi avec les morceaux ? recommença Nolane.

— Ils récupéraient toutes les pièces et ils les vendaient. Elles servaient à fabriquer d'autres choses, comme les aérosolos, par exemple. Comme ça, on ne gaspille pas.

— T'connais b'coup d'choses, toi ! constata Nolane admiratif, comment t'sais tout ça ?

— En lisant les journaux régulièrement, répondit Irielle d'un ton qui n'appelait pas de nouvelles questions.

Ils étaient arrivés à l'entrée de l'usine. Les grilles étaient fermées. Elles avaient été soudées. Il n'y avait même pas de piquet de grève. Une immense banderole, sur laquelle il était écrit « Grève illimitée », avait été accrochée.

— Cela veut dire qu'on peut rester ici sans risque, en conclut Irielle, on devra être prudents malgré tout, au cas où ils reprendraient le travail. Ce qui serait étonnant. Ils n'ont plus d'outils. Je crois qu'on va pouvoir s'organiser.

— On s'installe ? s'enquit Nolane.

— C'est ce que je viens de dire, rétorqua sèchement Irielle.

Que ce garçon employât le pronom personnel « on » pour parler d'eux ne lui plaisait pas.

— On pourra prendre tout l'avion, continua Nolane, imperturbable.

— Déjà, tu pourrais te choisir une chambre, accorda Irielle du bout des lèvres.

Ils retournaient à l'A380. Le soleil tapait et la chaleur rayonnait entre les carlingues. Irielle protégeait la tête de Moïsa avec sa main.

— Oui, j'vais faire ça, s'enthousiasma Nolane, et pis, j'v'oudrais bien que...

Il s'arrêta, regarda Irielle, mais resta suspendu à son hésitation.

— Qu'est-ce qu'il y a ? questionna-t-elle brutalement.

— T'moqueras pas ?

— Elle se moque jamais, intervint Jode en se rapprochant instinctivement de sa petite maman.

— T'sais lire ? biaisa Nolane d'un ton qui cachait mal son admiration.

— Et moi aussi ! confirma Jode fièrement.

— Tu veux que je t'apprenne à lire ? traduisit Irielle.

— Oui.

— Et à parler comme nous, conseilla Jode.

— J'veux bien, sourit Nolane en posant sa main sur les épaules du petit garçon, alors ?

— D'accord, accepta Irielle, t'as intérêt à travailler. Je peux te montrer, mais je n'apprendrai pas à ta place.

Elle avait répondu avec ce ton dur et sec qu'elle employait pour parler à Nolane depuis leur rencontre. Mais, en réalité, la demande de Nolane la rassurait. D'une manière générale, elle ne pouvait nier qu'elle aimait la douceur avec laquelle il prenait les choses. Elle appréciait qu'il eût des idées, qu'il fît des suggestions. Qu'il eût envie d'apprendre à lire témoignait de sa volonté de ne plus être un enfant-rat et assurait à Irielle qu'il s'en sortirait. Elle savait ce que les livres lui avaient donné. Il en serait de même pour Nolane. Elle n'en doutait pas. Elle était tentée de se laisser aller à la sensation d'apaisement que cela engendrait. Toutefois, sa vigilance restait grande. Depuis la mort de ses parents, Jode mis à part, elle n'avait jamais plus fait confiance à personne.

— J'veux apprendre, affirma Nolane, j't'jours eu envie d'savoir lire. Et écrire, t'peux ?

— Je... peux, corrigea Irielle en détachant le pronom.

— Je... voudrais bien qu't'm'ap...

— Que tu m'apprennes, le coupa Jode en faisant sonner le « tu ».

— Je voudrais bien que tu m'apprennes, aussi, insista Nolane, j't'jours eu envie d'apprendre.

— J'ai toujours eu envie d'apprendre, le coupa de nouveau Jode.

— T'vas pas m'lâcher, Jode ! Avec toi, je vais...

— Tu ne vas pas me lâcher...

— Je vais apprendre vite, si tu ne vas pas me lâcher !

— Si tu ne me lâches pas, corrigea encore Irielle.

— Je ne te lâcherai pas, promit Jode, Irielle dit que c'est joli de bien parler. Si on parle bien, si on sait lire, écrire, et si on sait nager, on n'est pas des enfants-rats. On t'apprendra à nager dans notre petite piscine de la rivière. C'est là que j'ai appris. Tu veux ?

— J'veux !

— Je veux, rectifia Jode avant de préciser : l'eau est froide, même en été. Moins froide que le bain de ce matin, quand même !

— Merci. En attendant, t'viens...

Jode leva la main et fit une grimace exaspérée.

— Tu... viens m'aider à trouver une chambre ? se reprit Nolane.

Jode se tourna vers Irielle et attendit son autorisation.

— Vas-y, Jode. Tu n'as qu'à faire visiter tout l'avion à Nolane.

— Tout l'avion ? s'étonna Jode.

— Je sais que tu vas dans la partie interdite, parfois.

— On peut aller à l'étage au-dessus, alors ?

— Oui, mais ce serait mieux que Nolane ait sa chambre pas trop loin de nous.

Jode entraîna Nolane.

Souvent, quand il était réveillé avant Irielle, il lui arrivait de se balader du côté de la carlingue qu'ils n'habitaient pas. Il n'aurait jamais pu deviner que sa petite maman le savait.

— Irielle, elle sait tout, de toute façon, confia-t-il à Nolane d'un ton admiratif, même ce qu'il y a pas dans les livres !

Après la visite, Nolane choisit la chambre la plus proche de celle de Jode. Et ce dernier décréta qu'il y aurait désormais le coin des garçons et le coin des filles.

# 15

Lorsque le soleil eut disparu derrière les carcasses abandonnées des avions, Irielle proposa à Nolane de l'accompagner à la ferme du Prains. Elle confia Moïsa à Jode, récupéra une bouteille vide dans la cuisine, et ils se mirent en route. L'air était frais, mais pas froid. Agréable pour une promenade. Des odeurs d'herbes flottaient sur le chemin que traçait Irielle à travers un champ en friche. Elle marchait devant et restait silencieuse. D'un geste, elle avait coupé court à la tentative de conversation de Nolane.

Ils franchirent une ligne de barbelés et se retrouvèrent dans un champ de blé. Irielle montra du doigt une grosse bâtisse, de l'autre côté du champ.

— C'est la ferme... Comme c'est bientôt la moisson, on va faire le tour, expliqua-t-elle.

Nolane acquiesça d'un signe de tête et ils se remirent en route. C'était sa première vraie balade dans la campagne. Quand il lui arrivait de sortir des égouts, c'était invariablement pour aller dans la ville. Et la veille, lorsqu'il avait suivi Irielle, il était si obsédé par ce qui venait d'arriver qu'il n'avait rien perçu du paysage. Ce soir, il découvrait l'immensité et le calme. La voûte étoilée lui donnait un peu le vertige parce qu'elle lui révélait l'angoisse de l'infini. Cependant, le silence de la nuit le rassurait. Juste le chant stridulant des grillons, et un aboiement au loin, parfois. Une pesanteur, qui avait toujours été présente en lui, le quittait peu à peu. Il en ressentait les effets dans son corps. C'était une sensation douce, pleine de quiétude.

Profitant de ce que la fille aux cheveux rouges le précédait, il ouvrit la bouche dans un geste enfantin et goba des goulées d'air frais. Jamais auparavant il n'avait vécu un tel moment. Simplement sentir le monde, l'esprit libre de toute crainte.

Il ferma la bouche et s'appliqua à respirer par le nez afin de profiter des senteurs nouvelles. Il fut rapidement à court de souffle. Irielle, devant, marchait d'un pas trop vif...

Ils arrivèrent à la ferme. Elle était composée de trois corps de bâtiment qui formaient un « U » autour d'une grande cour dans laquelle étaient posés trois aérosolos. Le portail était ouvert. Irielle montra à Nolane la porte de l'étable qui se trouvait dans l'aile ouest. Ils entrèrent et longèrent le mur d'enceinte qui faisait face à l'habitation.

La porte de l'étable était entrouverte. Ils s'y glissèrent. Irielle s'approcha des vaches et leur parla à voix basse. Elle encouragea Nolane, à qui elle les présenta une par une, à en faire autant. Les bêtes ne montrèrent aucune hostilité.

— C'est bien. Tu pourras venir seul, bientôt, murmura Irielle.

Elle montra à Nolane comment traire une vache et comment récupérer le lait dans un des seaux métalliques réservés à cet usage. Tous deux transvasèrent le liquide encore chaud dans leur bouteille. Ensuite, ils allèrent faire un tour dans le poulailler où ils prirent six œufs. Ils rentrèrent par le même chemin sans échanger un mot. Pourtant, Nolane sentait s'adoucir les préventions de la fille aux cheveux rouges à son égard.

Jode les attendait sur la passerelle. Moïsa dormait dans ses bras.

— Qu'est-il arrivé ? s'alarma Irielle.

— Rien !... Elle est mieux pour dormir si je l'ai dans les bras. Elle ne s'inquiète pas, comme ça, répondit Jode d'un ton docte.

— Ah ! Bien ! Va la coucher dans son lit. On va manger.

Ils se retrouvèrent autour de la table dans le restaurant de l'avion. Ils dînèrent d'œufs gobés, de fruits frais que Jode était allé chaparder dans les vergers voisins en fin d'après-midi, et d'un verre de lait. C'était le premier repas que Nolane prenait assis à table devant une assiette et des couverts.

— J'vais vu des gens qu'mangeaient comm'ça dans un truc en surface une fois ! confia-t-il, j'm'demandais comment c'tait...

— J'avais vu... Je me demandais, le reprit Jode.

— Je... me demande plus. C'est bizarre, mais j'aime bien. J'su... Je suis content d'être avec vous. C'est ça ?

— Parfait, approuva Jode.

Ils rirent. Irielle les regardait, un sourire amusé sur les lèvres. Déjà, elle réfléchissait à la nouvelle organisation de leur emploi du temps dans la cache-avion. Elle ne savait pas vivre autrement qu'en planifiant la vie devant elle. Cela lui permettait de canaliser sa peur, de ne pas devenir une enfant-rat, et de ne pas perdre l'espoir d'une existence plus douce.

Lorsque Jode fut couché, Irielle et Nolane s'installèrent dans le salon jaune.

— J't'raconte ma vie dans les égouts et toi, t'm'racontes ta vie à la surface et pis celle de maint'nant.

— Si tu veux, accorda Irielle.

— J'commence parce qu'ça va aller vite, ma vie. J'b'coup d'questions à t'poser sur la surface.

— On dit « j'ai beaucoup de questions à te poser ».

— T'vas me répondre ?

— Je vais te répondre.

Ils passèrent une bonne partie de la nuit à parler et furent interrompus à deux reprises par Moïsa qui réclamait son biberon.

Quand il se coucha pour la première fois dans un vrai lit, Nolane se demanda si toute cette vie qui lui tombait soudainement dessus était bien réelle.

# 16

— Viens tout de suite ! appela la voix d'Offalia dans l'interphone.

Smog reposa le combiné et se précipita dans le couloir. Une femme tenait une enfant inanimée dans ses bras.

— Elle a reçu une balle des flics, dit-elle en sanglotant, s'il vous plaît, sauvez-la !

Smog attrapa l'enfant.

— Dans la cave ! lança-t-il à Offalia qui ouvrit aussitôt une porte au fond du couloir.

Smog se rua dans l'escalier, suivi des deux femmes.

— Les flics étaient après une bande de pilleurs, expliqua la femme, ma fille revenait de l'école.

Ils étaient entrés dans une vaste salle entièrement carrelée de blanc. Smog déposa l'enfant sur la table qui se trouvait au centre de la pièce. Il fit un examen clinique complet de la fillette tandis qu'Offalia mettait le matériel sous tension.

— On va faire un scanner, annonça Smog.

C'était un vieil appareil qu'il avait récupéré dans un

cabinet de radiologie en faillite, cinq ans auparavant. Il était obsolète, mais fonctionnel. Offalia désigna une chaise un peu en retrait à la femme, et aida Smog à positionner l'appareil. À l'expression du visage de son mari, Offalia savait ce qu'il en était. La balle était mal placée, probablement trop près du cœur pour qu'il pût intervenir. Smog allait vérifier que l'enfant devait être opérée. Si la mère n'avait pas appelé le SAMU, cela signifiait qu'elle n'avait pas d'assurance maladie. Il n'y aurait pas de possibilité de diriger l'enfant vers un hôpital. Encore moins vers une clinique. Et ici, Smog ne pourrait rien faire.

Elle le suivit derrière la console de commande. L'examen ne dura pas longtemps et confirma les craintes d'Offalia.

— La balle est logée sous le cœur, informa Smog utilisant à dessein des mots simples, il faudrait pouvoir l'opérer immédiatement...

— Sinon, elle va mourir, compléta la femme d'une voix blanche mi-affirmative, mi-interrogative.

— Oui.

— J'ai appelé le SAMU. Ils ont demandé le numéro de ma carte. J'en ai pas... Ils ne sont pas venus. C'est ma voisine qui m'a donné votre adresse. Vous allez l'opérer ?

— Je fais certaines opérations, mais le cœur...

— Elle va mourir ? répéta la femme.

— Oui.

— Opérez-la ! S'il vous plaît... Nous aurons tout essayé...

Smog ne dit rien. Offalia se rapprocha de lui.

— S'il vous plaît, docteur, implora la femme.

— Le risque est grand aussi qu'elle ait de lourdes séquelles...

— Opérez-la.

La femme se remit à pleurer en silence.

— Je n'ai aucune formation pour ça, tenta encore Smog.

— S'il vous plaît.

— OK. J'appelle un de mes amis qui était chirurgien en cardiologie. S'il est d'accord, nous l'opérons. Je ne peux pas vous promettre que nous la sauverons.

# 17

La brusque disparition des voitures avait obligé Smog à acquérir un aérosolo dont il n'avait jamais changé. Il n'avait jamais aimé l'avion et il pilotait son vieux familyspace sans plaisir. Fraider et Virgilia Rick habitaient à un kilomètre du village de Viels dans la banlieue ouest de la ville, à dix minutes de vol. Smog se posa dans la cour de la vieille ferme du Prains. Il y avait là deux autres aérosolos. Fraider l'attendait sur le pas de sa porte. Comme à chacune de leur rencontre, Smog fut impressionné par sa taille de géant.

— Hello, salua-t-il en lui tendant une main calleuse, il ne manquait plus que toi.

Fraider souriait de ce sourire qui lui faisait le regard pétillant et dévoilait la bienveillance de son caractère. Smog y puisa du réconfort.

— C'est dans ma nature d'être en retard, marmonna-t-il.

— Il y a un problème ? interrogea Fraider en voyant la mine défaite de son ami.

— J'ai une enfant qui est morte sur la table d'opération, ce matin...

— D'une appendicite? s'étonna Fraider qui savait que Smog pratiquait depuis longtemps ce genre d'opération sans avoir jamais eu de problème.

— Non... Balle logée sous le ventricule gauche du cœur.

— Bavure de flics, comprit Fraider.

— J'étais avec Kitton, nous n'avons rien pu faire. On a eu une complication post-opératoire. Nous n'avons rien pu faire, répéta Smog.

— J'imagine qu'avec le matériel et les moyens d'un hôpital...

— Si les parents avaient eu du fric, leur fille serait vivante, confirma Smog avant d'ajouter avec cynisme : sois riche, je te soignerai.

— On y arrivera, assura Fraider en posant une main sur l'épaule du médecin et en le poussant dans la maison.

— Il le faut.

— Elle est encore venue ce soir, dit Fraider, du lait, des œufs...

— La fille aux cheveux rouges?

— Oui... J'aimerais savoir où elle vit, mais j'ai peur qu'en me montrant elle s'enfuie et ne revienne plus.

— Oui, acquiesça Smog, les enfants-rats sont violents, mais surtout craintifs et méfiants. Les membres de l'Organisation qui tentent des rapprochements avec eux en savent quelque chose. Le lait et les œufs de la ferme permettent à ta protégée de ne pas mourir de faim, c'est au moins ça.

Fraider conduisit Smog jusqu'à la salle à manger. Autour de la vieille table en chêne rectangulaire, Smog reconnut Alice Paire, la responsable de la coordination syndicale qu'il avait vue plusieurs fois à la télévision, mais qu'il n'avait jamais rencontrée. Cette dernière se leva pour le saluer.

— Théodore Moveur, se présenta-t-il, merci d'avoir accepté notre invitation.

En réalité Smog se nommait Théodore Moveur. Smog était le surnom que lui avait inventé Offalia, une vingtaine d'années auparavant. À cette époque-là, il s'était mis à soigner gratuitement les nécessiteux. Son caractère, déjà taciturne de nature, s'était obscurci en même temps que l'accroissement spectaculaire de la misère. Son visage avait pris un masque triste et dur. La sensation de son impuissance face à la marche du monde s'était mise à lui tarauder l'esprit, l'enfermant dans un mutisme dont personne ne pouvait le sortir, pas même Offalia qui était l'amour de sa vie. Ses cheveux et sa barbe avaient blanchi en une année. Son regard s'était éteint sous le sourcil épais. Un soir, Offalia l'avait surnommé Smog. Cela l'avait tiré de sa torpeur.

— Pourquoi Smog ? avait-il demandé.

— Smog, c'est le « brouillard », avait-elle répondu sans plus ample explication.

Smog était devenu son surnom des mauvais jours, puis son surnom tout court. À cette même époque, avec son ami d'enfance Charles Véka et une amie médecin, il avait créé l'Organisation. Smog avait alors retrouvé sa vitalité. Petit à petit, l'Organisation s'était ouverte à tous les corps de métier. C'est ainsi qu'ils avaient rencontré Fraider et Virgilia Rick.

Depuis, ils avaient œuvré sans relâche. Ils avaient fait un lent et solide travail de recrutement et de formation, créant un réseau comme on tisse une pièce de tissu, maille après maille. Le maillage de l'Organisation était solide et fort d'innombrables ramifications, y compris dans les plus hautes sphères de l'État. À leur actif, ils avaient l'entraide, le troc, la récupération, l'hébergement. Leur réseau clandestin était suffisamment cloisonné pour ne pas être démantelé à la première opération de police. Il restait une dernière maille à tisser : convaincre ceux qui avaient encore du travail de se montrer solidaires de ceux qui n'en avaient plus, et les persuader de les rejoindre. Les grèves spontanées qui avaient éclaté, notamment dans le secteur aéronautique, allaient les aider à convaincre les organisations syndicales dans leur combat.

— Je suis heureuse de vous connaître, monsieur Moveur, affirma Alice Paire, en lui serrant la main.

Smog embrassa Charles Véka, et Pénélope Rolfe qui était leur taupe au ministère de la Police dont elle était le secrétaire d'État à l'Ordre public.

Il alla s'asseoir en bout de table et la réunion commença.

# 18

Irielle arriva à la boulangerie peu après l'ouverture, tôt le matin. Elle fut accueillie par la patronne.

— Tiens, Alinia ! Ça fait plaisir de te voir. Alors ces examens ?

Par précaution, Irielle n'avait pas donné son vrai nom. Pour les boulangers, elle était Alinia Lamba, étudiante en littérature.

— J'attends les résultats, répondit-elle.

— Tu as bon espoir ?

— Oui. J'ai fait une bonne année.

— Tu cherches un job pour l'été ?

Irielle hocha la tête.

— J'ai besoin de quelqu'un jusqu'à fin septembre pour travailler les vendredis, samedis, et dimanches matin. On fait comme d'habitude, je te paye en liquide chaque semaine ? Cela te convient ?

— Parfait. Nous sommes dans notre maison de campagne pour tout l'été. Je reprends en octobre, mentit encore Irielle avec aplomb.

— À vendredi donc, conclut la boulangère en attrapant un petit sac en papier.

Elle emplit le sachet de viennoiseries et le tendit à Irielle.

— Voilà pour le petit déjeuner !

Lorsque Irielle arriva à l'avion, Nolane et Jode terminaient la toilette de Moïsa. Ils dégustèrent les brioches, croissants et pains aux raisins autour d'un bol de lait. Puis, ils sortirent les cahiers et le premier livre de lecture de Jode. Ils s'installèrent tous les trois autour de la plus grande table du restaurant-salle à manger, et l'apprentissage de Nolane commença. Il se montra tout de suite un élève appliqué, et le temps d'étude des matinées devint un de leurs moments préférés de la journée.

Peu à peu, leur vie s'organisa telle qu'Irielle l'avait imaginée... Les matinées furent consacrées à la lecture et à l'écriture, les après-midi au chapardage des fruits et légumes dans les jardins et vergers alentour, et les soirées au vol de nourriture à la ferme du Prains lorsque cela se révélait nécessaire. Les vendredis, samedis et dimanches, pendant qu'Irielle travaillait, Jode était promu répétiteur particulier de Nolane. Le petit garçon devenait maître d'école. Il affectionnait ces séances où il apprenait ce qu'il savait à Nolane. Ce dernier sut rapidement déchiffrer et il fut autorisé par Irielle à démarrer les leçons d'écriture. Il n'avait jamais utilisé un crayon. Il dut commencer par passer de longues heures à dessiner afin d'apprivoiser l'outil et de parvenir à maîtriser son geste. Au début, Jode le regardait, perplexe et déçu. Il n'arrivait pas à comprendre pourquoi

Nolane avait tant de mal à réaliser une chose qui lui était si aisée et naturelle. À lui qui n'était qu'un petit garçon de cinq ans et demi !

— Il n'a pas appris à dessiner quand il était petit. C'est un geste difficile, tu sais ! lui répétait patiemment Irielle.

Cette explication ne convenait pas à Jode. Parce qu'il était bien plus âgé que lui, et qu'il l'avait élu secrètement son petit papa, Nolane devait savoir faire toute chose mieux que lui.

— Il était un enfant-rat, personne ne lui a jamais rien enseigné ! dit Irielle un jour, à bout d'arguments.

Cette explication fut la bonne. Pour Jode, être un enfant-rat était la pire chose qui pût arriver à un enfant. Irielle le lui avait inculqué dès son plus jeune âge. Dès lors, il déploya des trésors de gentillesse afin d'encourager Nolane dans ses progrès. Le jeune homme était tenace, il passa beaucoup de temps à s'exercer. Un jour, son geste se délia, et son trait devint suffisamment sûr pour attaquer la formation des lettres.

Nolane aimait cette vie. Son rythme régulier et tranquille, calqué sur les besoins de Moïsa. Le temps des escapades dans les égouts pour échapper à la brutalité de la horde lui paraissait loin. Peu à peu, sa nouvelle existence en gomma les souvenirs. Et quand Jode, espiègle, se moquait de lui en parlant comme les enfants-rats de sa horde, il doutait avoir parlé de cette manière-là. Il hésitait alors entre rire et colère. Mais Jode savait s'arrêter à temps. La moquerie ne durait pas et le rire l'emportait.

# 19

Le 20 juin, Irielle profita d'un moment où elle était seule avec Nolane.

— Demain, c'est l'anniversaire de Jode.

— La quoi ? releva Nolane.

— L'anniversaire de Jode. Il aura six ans demain.

Comme Nolane restait muet d'incompréhension, elle précisa :

— C'est son âge, six ans.

— Tu sais ça, toi ?

— Oui, il est né le 21 juin, il y a six ans.

— Comment tu le sais ? demanda Nolane.

— Il venait de naître quand je l'ai trouvé. Il avait encore son cordon ombilical, comme Moïsa.

— Son cordon ombilical ?

La réponse à cette interrogation déclencha chez Nolane une avalanche de questions à propos de la naissance. Irielle répondit à toutes et se décida à poser la question qui lui était venue en découvrant l'ignorance de Nolane dans ce domaine.

— Il n'y avait pas... de naissance dans la horde ?

— Ben... Non, y en avait pas... Les filles à gros ventre, elles faisaient plus partie de la horde dès qu'on voyait leur ventre. Elles partaient parce qu'elles savaient c'qu'allait leur arriver si elles restaient...

Irielle arrêta Nolane d'un geste vif de la main. Elle avait compris et ne voulait pas de détails. Un relent de terreur remonta en elle qu'elle tenta de chasser en ramenant la discussion à sa préoccupation actuelle : préparer l'anniversaire de Jode.

— Lanni quoi ? releva de nouveau Nolane.

— Anniversaire...

— Anniversaire ?

— C'est le jour où l'on fête notre naissance. Et demain, c'est l'anniversaire de Jode.

— Comment tu le sais que c'est celui-là, de jour ? insista Nolane.

Irielle réalisa que Nolane n'avait pas la même perception du temps qu'elle. Il avait une vague notion de l'existence des années, des saisons et des jours, mais il ignorait le découpage des mois et des semaines. Le calendrier lui était inconnu tout autant que le concept de date de naissance et d'âge exact. Elle alla chercher un calendrier et lui enseigna les règles qui structuraient le temps. Nolane intégra rapidement toutes ces données. Mais ne pas savoir quel jour il était né l'emplit de chagrin.

— Si tu retrouvais ton nom de famille, tu pourrais peut-être apprendre ta date de naissance. Les naissances sont déclarées dans les mairies et il y a un registre national, tenta de le consoler Irielle.

— Tu es sûre de ça ? s'inquiéta Nolane.

— Tu avais dans les deux ou trois ans quand tu es entré dans les égouts, le coupa-t-elle, tu as forcément été déclaré. Pas comme Jode et Moïsa ! Eux ont été abandonnés tout de suite...

— Tu es sûre de leur date ?

— À deux jours près, oui. Je viens de t'expliquer pour leur cordon.

Nolane sentait monter en lui une détresse immense. C'était comme une béance qui venait le déchirer au plus profond de lui. Il ne connaissait pas son nom de famille et il ne connaissait pas sa date de naissance. Jamais comme à cet instant il n'avait ressenti la panique de l'abandon. Car il était un enfant abandonné, comme Jode, comme Moïsa. Registre de mairie ou pas. Il avait fallu cette discussion avec Irielle pour qu'il en prît conscience. Juste au moment où la vie semblait s'apaiser pour lui.

— Si on arrive à faire quelque chose en surface un jour, je t'aiderai à retrouver ton nom et ton acte de naissance, promit Irielle qui sentait le trouble de Nolane.

— Mon nom, répéta-t-il.

Il y eut un silence.

— Et l'anni..., reprit Nolane.

— L'anniversaire... On fait une petite fête et on offre un cadeau. Je me souviens que..., commença Irielle.

Elle se ravisa aussitôt. Les anniversaires avec ses parents étaient des souvenirs trop douloureux pour être évoqués. Elle enchaîna :

— Je vais rapporter un gâteau de la boulangerie et je vais acheter un ballon. Ce sera un beau cadeau. Tu ne crois pas ?

Le 21 juin, Jode fut le roi de la journée. Il adorait ce jour-là. Il adorait que son anniversaire tombât le premier jour de l'été. Cette fois, il adora être le chouchou absolu de sa petite maman pendant toute une journée, et il adora s'apercevoir qu'il était également le chouchou de Nolane, son petit papa secret. Le soir, il eut droit au gâteau qu'Irielle avait rapporté de la boulangerie et sur lequel elle avait mis six bougies. Il les souffla toutes d'un coup ! Puis, il découvrit le paquet. Irielle avait choisi pour l'emballer un joli papier rouge et jaune. C'était la première fois qu'il recevait un cadeau. Jusqu'alors, Irielle n'avait jamais pu travailler assez longtemps pour pouvoir lui offrir quoi que ce soit. À la vue du ballon, Jode resta bouche bée une fraction de seconde, puis il laissa exploser sa joie, courut se blottir dans les bras de sa petite maman. Il joua le reste de la soirée avec son ballon neuf et le garda dans son lit toute la nuit.

## 20

Le dernier jour du mois de juin, Irielle trouva un mot dans l'étable de la ferme du Prains.

« Si tu sais lire, ce message est pour toi, demoiselle qui viens de temps en temps chercher tes provisions dans notre étable et notre poulailler :

« Nous ne voyons pas d'inconvénient à ce que tu prennes chez nous ce dont tu as besoin. Au contraire, nous sommes contents que tu nous aies trouvés... En cas d'urgence ou de nécessité particulière, tu peux nous joindre au 654 258 RI. Amicalement. Virgilia et Fraider Rick. »

Irielle, Nolane et Jode discutèrent longuement de ce message sans savoir quelle conclusion définitive ils pouvaient tirer. Nolane était d'avis de rester méfiant. Jode et Irielle avaient très envie d'accorder leur confiance à la famille Rick. Cela faisait tellement longtemps qu'ils volaient chez eux ! Ils avaient eu par le passé un bon nombre d'occasions de prendre Irielle en flagrant délit et ils ne l'avaient pas fait ! Néanmoins,

Nolane parvint à convaincre Irielle de continuer à se servir au Prains pendant un mois encore avant d'entrer en contact avec les Rick.

Début juillet, Irielle acheta sur le marché du village un jean, un tee-shirt et une paire de baskets en toile pour Nolane. Un matin, elle lui coupa les cheveux sous le regard attentif de Jode.

Nolane se mit en quête de trouver un travail. Laissant délibérément de côté la ferme du Prains, il prospecta dans les exploitations alentour. Il fut embauché chez un producteur de fruits et légumes et en ressentit une grande fierté. Lui aussi, dorénavant, gagnerait de l'argent.

Désormais, Nolane étudia le soir après son travail.

Souvent, en fin de journée, il rapportait des fruits et des légumes.

Ils eurent de moins en moins besoin de chaparder.

Et la vie s'écoula régulière et paisible dans l'avion.

Moïsa fit ses nuits au début du mois d'août. Jusque-là, Irielle et Nolane s'étaient levés pour les biberons chacun leur tour. Ils furent soulagés de pouvoir dormir des nuits entières !

Moïsa ne manifestait aucun mécontentement lorsque Nolane s'occupait d'elle. Elle se montrait tout aussi présente et babillante avec lui qu'avec Irielle ou Jode. Elle aussi avait adopté Nolane.

Un matin de la mi-septembre, tandis que ce dernier donnait son bain à Moïsa, Jode entraîna Irielle à l'écart :

— Moi, ça y est, je le sens beaucoup en moi que Nolane est gentil.

— Oui, Jode, il fait vraiment partie de la famille, maintenant.

— On doit lui faire confiance, pas vrai ?

— Oui. On peut lui faire confiance.

— Il va toujours rester avec nous ?

— S'il le veut. Oui. Pourquoi pas ?

— Tant mieux. Comme ça, moi et Moïsa, on pourra peut-être avoir un petit papa. Tu crois qu'il voudra ?

— Il faudra le lui demander.

Jode attendit le repas du soir et questionna tout à trac :

— Nolane, c'est notre petit papa ?

Comme Nolane ne répondait pas, Jode s'inquiéta :

— Tu ne veux pas être notre petit papa ?

— Si, avoua timidement Nolane en regardant Irielle.

— Tu ne veux pas, toi ? interrogea Jode en se tournant vers sa petite maman.

— C'est à vous deux de décider, trancha Irielle.

— Et si on veut, tu voudras bien ?

— Bien sûr.

— Moi, je veux ! lança Jode aussi sec.

— Moi aussi, affirma Nolane.

— Voilà ! s'écria Jode, et un sourire radieux et victorieux s'afficha sur son visage.

— Voilà ! répétèrent en même temps Irielle et Nolane.

Et Jode décréta que leur vie ressemblait à celle de la

Zone Riche. Irielle lui rappela en quoi elle restait différente.

— Ça fait rien, ça ressemble un peu, insista Jode, vous êtes nos petits parents, vous travaillez, et Moïsa et moi, on est vos enfants. Et moi, j'apprends comme à l'école.

— Si tu veux, accorda Irielle qui savait à quel point Jode rêvait de vivre une vie normale.

L'été s'écoula tranquillement dans la cache-avion pour la petite famille. Il fut plein de rires, de gazouillis et de joie.

À la fin de l'été, Moïsa avait grossi et grandi. Elle savait rouler sur elle-même et commençait à tenir assise.

Jode avait fait des progrès en rapidité de lecture, en calcul, en jeux de ballon, et en plongeons.

Nolane avait appris à lire, à écrire et à nager. La petite piscine de la rivière, comme disait Jode, était en réalité un vaste trou d'eau assez profond entre deux rochers. Nolane avait dû faire un effort lors de la première leçon pour cacher sa peur. Il aimait tout ce monde de la campagne qu'Irielle et Jode lui faisaient découvrir, mais sa première prise de contact avec les choses de la nature générait toujours en lui des émotions intenses. L'eau avait provoqué une forte appréhension. Il avait mis du temps à apprivoiser cet élément et à s'y sentir bien.

Bien plus tard que le délai fixé par Nolane et alors qu'ils avaient continué de chiper régulièrement à la ferme, ils convinrent début septembre que les Rick étaient dignes de confiance. Ils pourraient faire appel à eux en cas d'extrême nécessité. Chacun apprit donc par cœur leur numéro de téléphone.

# 21

Au détour des conversations entre les clients de la boulangerie, Irielle avait appris que des grèves importantes paralysaient un grand nombre d'entreprises. Irielle, Nolane et Jode s'en réjouissaient. Ils pourraient sans risque continuer à habiter dans l'A380. Grâce à leur travail, Irielle et Nolane avaient un peu d'argent de côté et envisageaient avec sérénité la venue de l'hiver. Il restait à faire le plein d'eau. L'été avait été sec et le mois de septembre sans pluie. Les cuves sous la carlingue étaient vides et le stock de bouteilles d'eau minérale arrivait à sa fin. Ils ne pouvaient plus se servir sur le chantier car l'eau avait été coupée début juin.

Fin septembre, Irielle et Nolane surveillèrent attentivement le parking du supermarché, à la sortie du village. Ils espéraient voler un nouveau stock de bouteilles d'eau à la faveur d'une livraison.

Enfin, le soir du 1er octobre, ils découvrirent des palettes de bouteilles sur le parking. Ils ramenèrent un premier chargement et montèrent prévenir Jode qu'ils allaient y passer la nuit et qu'il aurait à s'occuper de Moïsa si cette dernière se réveillait.

Ils déposaient leur troisième chargement dans les cales de l'avion quand les flics leur tombèrent dessus. D'abord, un jet de lumière dans les yeux, puis :

— Ne bougez pas ou on tire !

Un homme leur fit mettre les mains dans le dos et les menotta. Irielle vociféra tout en se débattant. Nolane se laissa faire.

— Fouille l'avion, y en a peut-être d'autres ! ordonna la même voix.

Un moment effrayant s'écoula ensuite, pendant lequel ils furent maintenus couchés au sol. Ils entendaient le bruit des pas des policiers dans la carlingue. La peur faisait trembler Irielle.

— Un gosse et un bébé ! lança une voix du haut de la passerelle.

— Bravo, les rats, on fornique et on procrée, se gaussa la première voix.

— On est cousins, protesta Nolane d'un ton où pointait un mépris contenu.

Irielle et Nolane furent relevés. Trois policiers, visages masqués par des cagoules, les poussèrent vers une camionnette. Irielle aperçut Jode avec Moïsa dans les bras, entouré de quatre hommes également encagoulés. Jode regardait partout, affolé. Quand il aperçut ses petits parents, il tenta d'échapper à son escorte.

— Jode ! cria Irielle en s'élançant.

Les policiers l'arrêtèrent aussitôt.

Nolane et Irielle montèrent dans la camionnette. La porte se referma sur les hurlements de Jode et Moïsa.

Ils s'éloignèrent lentement et les cris des enfants furent peu à peu remplacés par le ronronnement feutré du moteur.

Irielle et Nolane étaient seuls dans une cellule aveugle aménagée à l'arrière du véhicule. Irielle était assise face à Nolane. Sa bouche était ouverte et ses yeux semblaient vides.

— Irielle, murmura Nolane.

Elle ne répondit pas.

— Irielle, reprit Nolane avec douceur.

Pétrifiée sur la banquette, elle le regardait, mais il devinait qu'elle ne le voyait pas. Nolane détourna les yeux. Il se cognait à son impuissance. Il avait sauvé la vie de quelques filles et de nombreux garçons menacés par Yentlane, il avait sauvé Irielle, Jode et Moïsa de sa propre horde, et il ne pouvait rien faire pour empêcher ce qui arrivait. Il ne pouvait rien et ça tapait dans sa poitrine. Une rage véhémente mugit en lui à laquelle il résista difficilement. Pourtant, il savait d'expérience qu'il ne servait à rien de la laisser éclater. S'il avait survécu dans les égouts, c'est bien parce qu'il avait appris à ne pas céder à cette pulsion destructrice, parce qu'il avait appris à réfléchir avant d'agir, parce qu'il savait que se montrer calme avait plus d'impact sur les autres. Il n'aurait jamais rien obtenu de Yentlane s'il l'avait attaqué de front en laissant libre cours à sa colère. Et là, face à des flics, que pouvait-il ?

— Irielle, murmura-t-il de nouveau.

Nolane sentit la colère se muer en une haine froide et implacable.

— Les flics..., marmonna-t-il d'une voix atone.

L'imperceptible ronronnement de la camionnette hantait le silence et lui était insupportable.

— Irielle, implora-t-il.

Ce mutisme le paniquait.

La sortir de cette absence. Rallumer la flamme dans ses yeux. Rendre la vie à ce corps éteint en face de lui.

Soudain, lui revint l'image de la fille aux cheveux rouges racontant à Moïsa l'agression dans le tunnel. Il regarda Irielle. Il hésita un petit peu, puis :

— Les vigiles ont dû nous repérer sur le parking. Ils ont appelé les flics. Ceux qui chassent les enfants-rats. C'est des flics. Ils ne tuent pas. Irielle. Ils ne tuent pas. Pas les enfants, ni les bébés, non plus. Jode et Moïsa ne sont pas en danger. Ils sont vivants. Ils ne vont pas mourir. On les retrouvera. Ils les emmènent quelque part et...

— Où ? coupa la voix dure d'Irielle.

— Je ne sais pas, mais on les retrouvera.

— Jure-le.

— Je le jure.

— Si on est séparés, on se retrouvera chez les Rick. Jode y pensera, décida Irielle, il a toujours exécuté parfaitement les consignes que je lui ai apprises. S'ils n'y sont pas, on les cherchera toujours. Partout. Jure !

Sa voix était rêche, son intonation claquait. Nolane se souvint de leur rencontre. De la manière dont elle lui avait dit « Si tu nous trahis, c'est moi qui te tuerai. » Et le sentiment de l'aimer plus que tout s'empara de lui, brutalement, avec une intensité qui le submergea, le surprit et le laissa sans voix. Il aurait voulu pouvoir la prendre dans ses bras et, par la seule force de son amour pour elle, effacer ce qui arrivait.

— Jure ! exigea Irielle qui se méprit sur le silence de Nolane.

— Je te le jure.

Les yeux d'Irielle n'étaient plus vides, ils brûlaient de colère. Enfin, des larmes roulèrent sur ses joues. Elle pleura sans s'arrêter tout le temps que dura le trajet.

Nolane se mit à pleurer aussi.

Sa seule famille...

# 22

— Sur le chantier de démantèlement des avions, le travail ne reprendra pas. Nous avons cassé les outils début juin, rappela un homme d'une quarantaine d'années.

Smog écoutait d'une oreille distraite. Ils avaient lancé l'offensive le 1er juillet. Le mot d'ordre n'avait pas été très suivi. Quelques usines seulement s'étaient arrêtées de tourner. Essentiellement celles où les militants de l'Organisation étaient majoritaires. Le gouvernement avait compté sur l'arrivée des vacances pour arrêter le mouvement.

Vaine stratégie. Le 30 août, jour de la reprise d'activité, on avait constaté un durcissement de la grève. Dans le secteur de l'aviation, surtout. Fallait-il persévérer? Smog hésitait. Combien de temps faudrait-il ensuite pour mobiliser les gens de nouveau? Il avait voulu entendre les représentants des unités en grève avant de prendre une décision.

— Nous ne reprendrons jamais le travail dans ces conditions, continua le délégué du chantier de Viels, nous tiendrons... Et c'est à vous de faire ce qu'il faut pour que la rébellion s'amplifie, conclut-il d'un ton ferme presque accusateur.

— Nous allons tenir, affirma Smog, merci de votre témoignage.

Fraider raccompagna l'homme qui venait de parler et revint s'asseoir.

— Le gouvernement est convaincu qu'il s'agit de grèves isolées, informa Pénélope Rolfe. Cela n'a même pas été évoqué au dernier Conseil des ministres. C'est notre force. C'est ce qui nous permet de jouer la durée. Il faut y croire, Smog !

— J'y crois.

— Non ! Là, tu n'y crois plus ! intervint avec véhémence Charles Véka, c'est à peine si tu as écouté les représentants des usines en grève. C'est à peine si tu leur as adressé la parole ! Ils ont besoin qu'on y croie, qu'on les galvanise. Tu sais ce qu'ils endurent, ce qu'ils risquent, ce qu'ils font risquer à leur famille ! Pour tenir, ils doivent être persuadés que c'est parti ! Qu'on va en finir avec ce monde inique !

Tandis que Charles Véka parlait, Pénélope, Fraider et Alice Paire avaient échangé de brefs regards interrogateurs. Comment Smog allait-il réagir ?

Le leader de l'Organisation n'avait pas bronché. Son visage était resté impassible. Il savait que son ami avait raison de le secouer. Il avait toujours imaginé qu'une fois le conflit engagé la révolution suivrait. Et les mois qu'ils venaient de passer à tenir sur le front des grèves et à relancer les uns et les autres avaient été des mois difficiles. Il avait été déçu, il était fatigué, et la déprime le gagnait. Les colères de son ami d'enfance avaient généralement pour effet de le tirer de sa torpeur. Il eut un petit sourire.

— Tu as raison, Charles, admit-il, réunissons les responsables de quartier et de secteur. Que chacun invente sa manière d'agir. Le mot d'ordre est : faire tomber le gouvernement par tous les moyens, si possible pacifiques. Nous nous chargerons de redistribuer l'information et de coordonner le mouvement.

— Quand même ! approuva Véka qui défendait cette idée depuis longtemps. Et vous, Alice ? dit-il en se tournant vers la responsable de la coordination syndicale, il y a trois semaines, vous nous aviez enfin assurés de votre soutien...

— Vous l'avez, affirma Alice Paire, les fédérations syndicales devraient réunir leur base, cette semaine. Nous donnerons la même consigne. C'est ce qu'attendent les gens. Qu'on laisse libre cours à leur imagination, qu'ils inventent leur révolte à eux.

— Convenons de faire un point dans une semaine, décréta Smog.

Il se leva, salua Charles Véka et Alice Paire, et laissa Fraider les raccompagner.

— J'ai l'impression qu'il y a du barouf sur le chantier, annonça Fraider en revenant, les flics, je crois.

— Mais il n'y a plus de piquets de grève depuis le mois de juin !

— C'est ce qui m'étonne... La nuit, en plus. Pourtant, je ne vois pas de quoi il pourrait s'agir d'autre.

— On peut aller y faire un tour discrètement ? s'enquit Smog.

— Oui, en passant par-derrière.

Fraider guida Smog en coupant à travers champ. Ils arrivèrent aux abords du chantier par le côté opposé à la porte d'entrée. Ils s'approchèrent de la haie et écartèrent discrètement le feuillage. À quelques mètres de la dernière carlingue entreposée là, deux camionnettes de police, gyrophares allumés, démarrèrent et s'éloignèrent lentement. Puis, le bruit de leur moteur s'estompa. La lumière tournante laissa place à la nuit. Le silence. Les sons familiers de la campagne endormie. La stridulation des grillons. Un chien au loin.

— Il ne s'agit pas des ouvriers.

— Non, je ne crois pas non plus.

— Tiens ! Viens par là. Il y a un passage.

Smog et Fraider attendirent encore un peu et pénétrèrent sur le chantier. Fraider avait repéré l'ouverture dans la clôture. Ils la franchirent et se retrouvèrent sous la carlingue.

— J'ai un mauvais pressentiment, murmura Fraider en allumant sa torche.

Il éclaira des traces de pas et des empreintes de pneus. Smog désigna la passerelle. Ils visitèrent l'intérieur de l'avion et découvrirent un véritable petit nid. Les chambres. Quatre lits. Des vêtements. Le salon jaune. Le restaurant. La cuisine. Les biberons.

— Le lait, souffla Fraider.

— Oui, comprit Smog, j'ai bien peur qu'ils aient arrêté ta protégée.

— Elle n'était pas seule, ici. Il devait y avoir un bébé.

Ils découvrirent des provisions, la montagne de livres, les journaux et les magazines entassés dans le salon jaune.

— Regarde ! s'exclama Smog qui venait d'ouvrir un des cahiers de Jode.

— Jode Rodelle, lut Fraider.

— Et celui-là ! Des lignes de lettres ! annonça Smog qui avait ouvert un second cahier, il y a un autre nom sur la page de garde.

— Nolane.

— Une famille ? Ils n'arrêtent pas les familles.

— Je pense qu'il n'y avait que des enfants, ici, accorda Smog.

— C'est comme si on avait arrêté ma fille, confia Fraider. Tu sais, elle avait continué de venir se servir après notre message. On était contents, Virgilia et moi. On espérait bien établir le contact, un jour.

— On va essayer de savoir où ils ont été emmenés. Mais avec le contexte...

— Ne restons pas là, décida Fraider.

Ils rentrèrent par les champs, empruntant sans le savoir le chemin qu'avait si souvent parcouru Irielle quand elle allait à la ferme.

Fraider avait les cahiers de Jode et Nolane sous le bras.

# 23

Le bâtiment qu'ils longeaient était ancien. Sur les murs couraient de larges et profondes lézardes. La lune dévoilait une partie des lieux. D'abord, une grille intérieure qui fermait une vaste cour à travers laquelle on entrevoyait trois autres bâtiments. Derrière, les silhouettes des arbres du parc se détachaient, hautes et noires, découpées sur le ciel. Ensuite, une autre grille, plus haute, clôturait le domaine. Irielle ne voyait rien de tout cela. Nolane, lui, s'accrochait au moindre détail. Une habitude qu'il avait prise dans les égouts afin de lutter contre l'excès de peur. Cela lui avait maintes fois sauvé la vie car, grâce à cette observation, il gardait la mémoire des lieux et des trajets.

Devant eux marchaient les deux hommes et les deux femmes qui étaient venus les chercher à l'entrée. Les flics étaient repartis, aussitôt. Ils s'étaient contentés de les déposer comme de vulgaires paquets.

Les deux femmes s'arrêtèrent devant une porte ouverte et firent signe à Irielle d'entrer.

— Il va où, lui ? demanda-t-elle sèchement en

s'arrêtant sur le seuil et en désignant Nolane du menton.

— Dans le bâtiment des garçons. Vous pourrez vous retrouver en récréation, et au réfectoire. Éventuellement en classe, si vous avez le même niveau.

Irielle jeta un regard à Nolane. Son visage était impassible. Cependant, il y avait une détermination dans ses yeux qui incita la jeune fille à se montrer docile et à s'en tenir à ce qu'ils avaient décidé pendant la fin du trajet. Elle entra et suivit les femmes. Elles firent quelques pas dans un long couloir éclairé par deux veilleuses, et pénétrèrent dans une petite pièce.

L'une des deux femmes fit asseoir Irielle devant un bureau et alla prendre place en face d'elle. L'autre femme ferma la porte et resta debout derrière la jeune fille.

— Je suis Malta et, derrière toi, c'est Valy, mais peu importe nos noms, nous sommes seulement les hôtesses d'accueil. Nous remplissons ton dossier, nous te faisons passer les tests d'intelligence et de connaissances, et nous t'orientons. Ton nom ?

— Irielle.

— Ça c'est ton prénom. Donne ton nom aussi.

— Rodelle.

— Ton âge ?

— Dix-sept.

— Tu viens des égouts ?

— Oui.

— Tu y as vécu longtemps ?

— Non.

— Le jeune homme qui était avec toi, tu traficotes avec lui ?

— Hein ?

— Vous avez des relations sexuelles ?

— Non. C'est mon cousin.

— Tu en as déjà eu ?

— Quoi ?

— Des relations sexuelles.

— Non, affirma Irielle après une brève hésitation qu'elle avait employée à calmer l'agressivité qui montait en elle.

— On vérifiera. Les enfants qui étaient avec vous quand on vous a pris, c'était qui ?

— Mon petit frère et ma petite sœur.

Irielle hésita, puis ajouta :

— Ils vont où, eux ?

— Section « Petite Enfance », sauf si le plus grand a plus de six ans ?

— Il a pas six ans, mentit Irielle en espérant que Jode ne dirait pas son âge.

— Ils seront dans la même unité, alors. Tu sais lire ?

— Oui, un peu, mentit de nouveau Irielle.

La femme ouvrit un tiroir et en sortit une liasse de papier.

— Enlève-lui ses menottes, ordonna-t-elle.

La dénommée Valy fit lever Irielle. Il y eut un bref cliquetis dans son dos et ses mains furent détachées. Elle ressentit un soulagement au niveau de ses épaules. Elle tira sur le haut de son dos et se massa les poignets.

— Tu vas répondre à ce questionnaire, page après page. Cela nous permettra de déterminer si tu peux aller à l'école et dans quelle classe tu seras, reprit Malta.

Irielle jeta un œil sur la feuille devant elle. Il y avait un texte d'une demi-page environ, suivi de questions. Cela lui rappela les exercices qu'elle faisait lorsqu'elle était à l'école. C'était avant... Une boule de douleur se forma dans sa gorge et l'enserra jusqu'à l'étrangler. Elle fit un effort pour réprimer le sanglot qui montait. Elle se concentra sur le texte. C'était un texte simple. Irielle décida de s'aligner sur les réponses que Nolane pourrait donner. Elle connaissait son niveau de lecture et d'écriture. Si elle voulait avoir une chance d'être dans sa classe, il lui fallait cacher ses compétences. Elle prit donc son temps et s'appliqua à remplir le questionnaire en cochant les cases que Nolane était susceptible de cocher. Elle traça en lettres régulières la phrase à copier et imposa à son geste la lenteur appliquée des débutants. Quand elle eut terminé, elle rendit son travail à Malta.

Cette dernière compta le nombre de réponses correctes.

— Bien. Tu te débrouilles pas trop mal en lecture. Nous allons te scolariser. Tu vas suivre Valy jusqu'à ton dortoir. Demain, on viendra te chercher. Tu passeras la visite médicale, et on t'emmènera dans ta classe.

— Tu peux y aller, dit-elle à Valy avant de quitter la pièce sans même dire au revoir à Irielle.

# 24

Valy ouvrit doucement la porte du dortoir. Une veilleuse permettait de distinguer une longue pièce où étaient alignées deux rangées de lits. L'hôtesse d'accueil désigna un lit vide près de la porte, puis elle tira Irielle dans le couloir.

— Tu vas aller te déshabiller et tu me rapporteras tes vêtements pour que la surveillante de jour puisse te donner un uniforme à ta taille demain. Tu trouveras une chemise de nuit sur ton oreiller.

— Merci, chuchota Irielle.

Valy passa sa main dans les cheveux rouges. Un geste qu'Irielle sentit plein de compassion.

— Tu n'es pas comme les autres enfants-rats, lui confia-t-elle, les autres nous insultent, refusent les tests, tentent de se sauver. Certains sont de vrais animaux et parlent à peine. Toi, non...

— Non, confirma Irielle.

— Je n'avais jamais vu de tristesse avant chez une arrivante, toujours de la haine... Ton petit frère et ta petite sœur, n'est-ce pas ?

Irielle se méfiait. Toutefois, en répondant adroitement, elle pourrait peut-être avoir de plus amples renseignements sur le lieu où avaient été conduit Jode et Moïsa.

— Oui, souffla-t-elle.

— Tu les aimes beaucoup...

Irielle acquiesça d'un geste de la tête.

— Et le grand aussi ?

— Oui. On est cousins... Ils les ont emmenés où, Jode et Moïsa ?

— Les petits ? Malta ne t'a pas menti en te disant qu'on les avait emmenés à la section Petite Enfance.

— C'est où ? Loin d'ici ?

— Non. C'est dans la même enceinte. Le bâtiment le plus au sud. C'est un bâtiment décoré de fresques, de l'autre côté de la grille intérieure. Tu l'apercevras depuis la cour.

— Et mon cousin ?

— Lui. Je ne sais pas ce qui va lui arriver. Selon son niveau d'instruction, il ira à l'école. Sinon...

Valy se tut.

— Sinon ? répéta Irielle.

— On lui proposera autre chose...

Valy poussa Irielle dans le dortoir.

— Allez, vas-y, l'encouragea-t-elle gentiment, j'attends tes vêtements.

Irielle jeta un œil afin de s'assurer que toutes les filles dormaient. Elle se dévêtit, enfila la chemise de nuit et retourna dans le couloir donner ses habits à Valy.

— Ils me les rendront ?

— Elles, rectifia Valy, ici, tu n'auras affaire qu'à des femmes, sauf en classe. Non, elles ne te les rendront pas. Tu auras l'uniforme, comme les autres. Adieu, Irielle.

Valy s'éloigna de quelques pas, puis revint et murmura si bas qu'Irielle ne fut pas certaine d'avoir tout entendu :

— Ne te montre jamais rebelle. On n'a aucune pitié pour les rebelles, ici.

Elle fila sans se retourner. Irielle attendit un petit moment dans le couloir. Elle avait le cœur lourd et une furieuse envie de s'enfuir à toutes jambes.

Retrouver Jode, Moïsa et Nolane.

Il lui semblait qu'elle allait mourir de les avoir perdus. La vie ne pourrait plus avancer désormais. Elle pleura longtemps, cachée dans l'obscurité d'un renfoncement du couloir.

Enfin, elle regagna le lit qui lui avait été attribué et se glissa dedans.

— T'as intérêt à pas ronfler, cingla une voix.

Irielle s'assit pour tenter de découvrir d'où provenait la voix. Les deux filles de chaque côté de son lit paraissaient dormir à poings fermés. Irielle se recoucha.

— Ou je te file mon poing dans ta sale gueule de pimbêche, continua la voix dure et menaçante.

— J'tais encore dans les égouts c'soir, m'étonnerait qu't'fasses le poids, riposta Irielle sur le même ton et en empruntant les raccourcis de langage qu'elle avait entendus dans la bouche de Nolane au début de leur rencontre.

Si toutes les filles d'ici avaient été des enfants-rats, mieux valait montrer qu'elle ne craignait personne. Les enfants-rats s'attaquaient en priorité à ceux qui avaient peur d'eux. Nolane le lui avait expliqué quand il lui avait raconté sa vie dans les égouts.

— Dors maintenant, fit la voix, je verrai demain la gueule que t'as exactement.

— T'es qui, « je » ? continua Irielle en s'appliquant à donner à son intonation une intention belliqueuse.

Le silence qui suivit fut plein d'une hésitation quasi palpable.

— Chalaya... Et toi ?

— Irielle.

— On dort avant que La Poube nous chope.

— D'accord.

Le silence retomba. Un silence étrange. Un silence impeccable. Irréel. Irielle tâcha de percevoir les respirations autour d'elle. Pas un seul souffle ne pouvait témoigner du sommeil d'une des filles. Il lui sembla soudain que, toutes, elles avaient écouté sa conversation avec Chalaya. Le silence durait, parfait, emplissant l'espace d'une menace. Il fut rompu par le léger bruit de la poignée de la porte qui tournait. Le parquet couina. Il y eut quelques pas. Et de nouveau le silence. Un silence tout en tension et en attente. Puis, le léger craquement du parquet se déplaça d'un lit à l'autre. Irielle aperçut une ombre déambuler et se pencher au-dessus de chaque fille. Elle ferma les yeux et s'appliqua à une respiration profonde et détendue afin de faire croire qu'elle dormait. On s'attarda plus longtemps sur elle. Elle fit attention à ne pas ciller. La présence s'estompa et les pas s'éloignèrent. Le parquet couina une dernière fois. La poignée grinça et le silence retomba. Irielle se tourna dans son lit. Les images de la soirée se mirent à déferler. Elle lutta pour ne pas se remettre à pleurer.

— La Poube, putain de sale connasse, cracha tout à coup une nouvelle voix.

— Je la crève, un jour, proclama une autre voix.

— Taisez-vous, ordonna Chalaya.

Peu à peu, Irielle sentit le sommeil gagner ses voisines. Elle resta longtemps éveillée, à écouter le silence plein du souffle des dormeuses. Elle songea à cette étrange arrivée dans le dortoir. Il y avait là une information intéressante. Chalaya était une sorte de chef dans ce groupe. Irielle savait grâce à Nolane comment fonctionnait un chef chez les enfants-rats. Elle n'avait pas l'intention de perdre son temps à rivaliser avec cette fille, ni à essayer de la séduire. Elle décida de rester sur ses gardes en faisant tout pour éviter d'avoir des ennuis.

Elle était résolue, quelle que fût sa vie à venir dans cet endroit, à ne jamais perdre de vue son objectif : sortir de là et retrouver Nolane, Jode et Moïsa. C'était la décision qu'ils avaient prise, Nolane et elle, dans la camionnette des flics. Désormais, toute son attention, toute son énergie, toutes ses attitudes devraient être au service de cet objectif. Elle se fit le serment de ne pas déroger à cette résolution et s'accorda le droit de dormir.

# 25

Un son aigu tira Irielle de son sommeil. Elle ouvrit les yeux et son regard tomba sur une vingtaine de filles de son âge qui faisaient cercle autour d'elle.

— Qu'est-ce t'as fait avec tes cheveux ? questionna une voix hargneuse.

Irielle attrapa une mèche rouge, la porta à ses yeux et fut aussitôt soulagée. Un instant, elle avait cru qu'on les lui avait coupés dans la nuit.

— Rien, affirma-t-elle d'une voix ensommeillée.

Peu à peu, elle émergea tout à fait. Les visages se précisèrent. Ils se détachèrent les uns des autres, et chacun prit son relief.

— Ils sont rouges, l'accusa une autre voix dénuée d'intention amicale.

— Qu'est-ce ça peut t'foutre ? riposta Irielle qui sentit le danger.

— T'as l'air d'une carotte géante ! se moqua une nouvelle voix d'un ton acerbe.

— D'un potiron, non ? répliqua Irielle sur le même ton.

— Tu me cherches là ou quoi ! s'avança une fille grande et mince qui avait les cheveux très courts et dévisageait Irielle d'un œil menaçant.

— Avec toi en asperge, on f'ra un fameux potage, persifla Irielle.

La fille eut un mouvement belliqueux, mais elle fut arrêtée net dans son élan par la voix autoritaire de Chalaya.

— Laissez-la tranquille, maintenant ! Préparez-vous avant que La Poube rapplique.

Le groupe se dispersa et il ne resta plus qu'une fille un peu boulotte devant le lit. Visage agréable, yeux noirs et perçants, un brin d'ironie accroché aux lèvres et un air d'autorité net comme une évidence.

— Chalaya, se présenta-t-elle.

— Irielle... La Poube, c'est qui ?

— Poube pour « Poubelle », et aussi pour « plus belle », ça donne Poube. Tu comprendras... Comment tu t'es fait prendre ?

— Vol sur un parking de supermarché. Et toi ?

— Vol à l'étalage... Je suis là depuis deux ans.

Elle se tut et toisa Irielle. Puis, elle s'avança et lui tendit la main qu'Irielle serra sans rechigner.

— Je suis la « Numéro Une », ici. Vu ?

— Vu, approuva Irielle d'un ton convaincu.

— On est par classe d'âge dans les dortoirs. Pas dans les classes. Dans les classes, c'est par niveau. Dans ma classe, y a une morveuse de huit ans. T'imagines ? Remarque, je suis la Numéro Une dans ma classe aussi. Tu sais dans quelle classe tu vas être ?

— Non... J'espère que je serai avec Nolane.

— C'est qui ?

— Mon cousin.

— Elles t'ont fait croire ça ? Les salopes ! On n'est pas mélangés, filles et garçons, ici !

— Je pourrai le voir en récréation ?

— Vraiment des fumières ! Elles disent vraiment n'importe quoi pour t'amadouer à l'entrée !

— On ne voit jamais les garçons ?

— Tu parles ! Trop peur du sexe !... Les garçons, on les croise au réfectoire. On mange pas dans la même salle, mais les rampes de leur self et du nôtre sont en face. Ils passent dans un sens et nous dans l'autre, de l'autre côté. On se croise, c'est tout. On peut pas se parler, y a tout le tralala entre nous. Alors, on se contemple gentiment ou méchamment. Ça dépend si le mec est beau ou pas, s'il est cool ou quoi.

— Chalaya, habille-toi ! tonna une voix.

— Je fais qu'ça, rétorqua Chalaya sans se retourner avant de chuchoter à Irielle : je vais me doucher. Tu me rejoindras.

— Irielle Rodelle, voilà tes habits, dit une femme qui se tenait sur le seuil, viens les prendre, va te doucher, et suis tes camarades pour le petit déjeuner. On viendra te chercher pour la visite médicale.

Irielle se leva et récupéra le paquet que lui tendait la femme.

— Je vois que Chalaya t'a déjà mis le grappin dessus. Méfie-toi de ne pas frayer dans son sillage, sans quoi il t'en cuira !

Son ton était bourru et l'expression de son visage sans équivoque. Il disait assez combien elle devait aimer en faire baver aux filles indisciplinées. Irielle pensa à Jode. S'il avait été là, il n'aurait pas manqué de faire remarquer : « Elle doit bien aimer ça, faire cuire les enfants. » Irielle chassa aussitôt l'image de Jode et revint au présent. La Poube était une femme de taille moyenne, d'apparence assez frêle. Si elle s'était abstenue de parler et de bouger, elle eût été belle, pensa encore Irielle. Pourtant, dès qu'elle imprimait un mouvement à son visage, quelque chose détruisait la joliesse de ses traits. Il émanait d'elle une forte odeur de transpiration. Irielle se surprit à approuver son surnom.

— Exécution ! aboya La Poube qui devait trouver qu'Irielle ne réagissait pas assez vite.

Dans les sanitaires, Irielle tomba nez à nez avec l'asperge qui s'essuyait les cheveux.

— Y a pas de sèche-cheveux, ici, Carotte. T'as l'air de quoi, les cheveux mouillés ?

— Janina, je t'entends, et j'ai dit « fous-lui la paix » ! OK ? cria la voix de Chalaya depuis l'une des dix cabines de douche.

L'asperge haussa les épaules et s'en alla. Irielle se doucha sans se laver les cheveux. Puis, elle suivit Chalaya jusqu'au réfectoire. C'était une immense salle. Une centaine de filles de six à dix-huit ans étaient attablées par groupe de dix. Toutes portaient la tenue qu'Irielle venait de revêtir. Veste ample, jupe plissée jusqu'aux chevilles, chemisier à manches courtes, chaussures de toile. Sur la veste étaient cousus le nom et la classe de l'élève. Irielle apprit ainsi qu'elle se trouvait dans la classe « Approfondissement 1 ».

Elle s'installa à côté de la Numéro Une de son dortoir. À leur table déjeunaient silencieusement huit petites filles.

— Tu sais lire assez bien si t'es en « Approfondissement », commenta Chalaya, mais t'es pas dans ma classe. Je suis en « Lecture 2 », c'est deux classes avant « Approfondissement 1 ». T'as intérêt à bosser et à avoir des résultats, sinon, ils te réorientent « ouvrières ». Y a une étude de deux heures et demie, le soir. Les salauds, ils nous filent de ces devoirs ! Tout pour te faire plonger.

— On est toutes habillées pareil, constata Irielle.

— C'est la tenue d'été. Dans un mois, on aura la garde-robe d'hiver, l'informa Chalaya, avec c't'uniforme tu peux pas te carrer d'ici.

— Non ? s'étonna Irielle.

— Ben, t'serais vite repérée, je te ferais dire. Y en a pas beaucoup des filles habillées comme nous, dehors.

Elle ne laissa pas le temps à Irielle de réagir, elle ajouta comme si elle venait d'avoir une illumination :

— T'as pas l'intention de te carrer ?

— M'évader, tu veux dire ?

— Oui... Alors ?

— Non, répondit Irielle après une demi-seconde d'hésitation.

— Parce que c'est impossible. J'ai essayé, croismoi. Une vraie prison.

Une surveillante vint chercher Irielle pour la visite médicale.

— Ferme-la à la visite, lui conseilla Chalaya à l'oreille lorsqu'elle se leva pour suivre la surveillante.

# 26

Irielle entra dans une petite salle où l'attendaient deux femmes.

— Je suis le médecin, informa l'une d'elles, déshabille-toi et monte sur la balance, l'infirmière va te peser.

Irielle fut pesée et mesurée. On testa ses yeux et ses oreilles. On la fit souffler dans un cylindre. On lui fit une radiographie des poumons, puis une prise de sang. Enfin, on la fit s'allonger sur une table afin de vérifier les battements de son cœur, ses réflexes et la réalité de sa virginité.

— C'est bon pour moi, dit la femme médecin quand elle eut terminé l'examen gynécologique, aucun risque de grossesse. Elle est vierge. C'est rare chez une fille-rat de cet âge.

— Rhabille-toi, je vais te conduire chez la surveillante générale.

Irielle revêtit son uniforme le plus vite qu'elle put. Sortir d'ici ! Ne pas penser qu'elle avait envie de tuer cette femme qui l'avait manipulée sans se poser la moindre question sur ce qu'elle pouvait ressentir.

Elle quitta la pièce sans un mot et suivit l'infirmière.

— Je vous amène la nouvelle, annonça cette dernière en poussant Irielle dans le bureau de la surveillante générale.

— Bonjour, dit Irielle.

— Bonjour, répondit la jeune femme en levant la tête du dossier qu'elle était en train d'étudier.

Irielle se demanda s'il s'agissait de son dossier à elle. Mais elle ne parvint pas à lire le nom qui figurait en haut du premier feuillet. La surveillante se leva et lui donna des fournitures.

— Tu as deux classeurs, des feuilles, une trousse. Les livres restent dans la classe. C'est là que se déroule l'étude. Ici, on ne se trimballe pas avec ses affaires scolaires. Elles resteront dans ton bureau. Suis-moi. Ta classe est là.

Déjà, la surveillante frappait à la porte contiguë. Elle n'attendit pas la réponse. Elle entra :

— Je vous amène une nouvelle, lança-t-elle.

Elle poussa Irielle dans la salle et referma la porte derrière elle.

En pénétrant dans la classe, Irielle ne vit que deux choses. Le professeur était un homme au visage avenant qui portait de drôles de petites lunettes sur le bout de son nez. L'asperge prénommée Janina était là, un sourire éclatant de contentement sur les lèvres.

Irielle dut faire un effort pour intégrer que le professeur lui disait d'aller occuper la place vide qui se trouvait à côté d'elle.

— Ici, c'est moi la Numéro Une, marmonna l'asperge quand Irielle s'assit.

Comme Irielle ne disait rien, elle grogna :

— Vu?

— Vu.

— Ouvre ton livre de langue écrite page 203, lui dit l'enseignant, tu le trouveras dans ton bureau.

Tandis qu'Irielle s'exécutait, il ajouta :

— Nous lisions. Voyons ton niveau. Prends à partir du second paragraphe.

Janina la toisait, goguenarde. Irielle tâcha de l'ignorer, mais la présence nocive de cette fille à ses côtés lui était pénible. Elle n'avait pas envie de passer son temps à contrer ses attaques. Soudain, elle entrevit le moyen de lui échapper. Est-ce qu'on la changerait de section si on s'apercevait que son niveau ne correspondait pas aux résultats des tests qu'elle avait subis à l'entrée? Cela valait la peine d'essayer.

— Vas-y, encouragea l'homme qui l'observait pardessus ses petites lunettes.

Irielle lut d'une voix claire et sûre. Le professeur ne l'arrêta pas et la laissa lire tout le chapitre. Après quoi, il lui posa des questions de compréhension et lui proposa de dire ce qu'elle pensait de ce texte. Elle répondit longuement et soigna son argumentation. Lorsqu'elle eut terminé, elle jeta un coup d'œil à sa voisine, et espéra aussitôt que sa prestation inciterait le professeur à suggérer sa réorientation. Sinon, l'année promettait d'être rude : Janina la fusillait de ses yeux noirs.

L'homme aux petites lunettes ne fit aucun commentaire et le cours continua. À la fin de l'heure, tandis qu'il rangeait ses affaires dans son cartable, le professeur interpella Irielle et l'invita à le suivre. Il l'emmena chez la surveillante générale et lui conseilla de faire repasser les tests d'évaluation à sa nouvelle élève.

— Elle a une lecture orale parfaite, une capacité réelle à l'argumentation, et une culture étonnante. Je doute que son niveau corresponde à la classe « d'Approfondissement 1 », expliqua-t-il.

Irielle repassa les épreuves d'évaluation. Cette fois-ci, elle ne tricha pas et obtint un bien meilleur score. La surveillante mit sa mauvaise performance de la veille sur le compte de la fatigue et sortit une nouvelle batterie de questionnaires.

Irielle voulait avoir du temps afin de réfléchir à son évasion. Elle fit donc en sorte de ne pas atteindre un niveau qui aurait exigé d'elle trop d'investissement. À midi, elle en avait fini avec cette nouvelle évaluation. La surveillante lui annonça qu'elle intégrerait la section « DFPU » après le déjeuner, et l'autorisa à rejoindre ses camarades au self.

Irielle courut. Elle voulait apercevoir Nolane et avait peur de le rater. Elle arriva dans les premières. Les autres filles n'étaient pas encore sorties et aucun garçon n'était là, non plus.

Elle s'installa à une table proche des rampes du self et ne tarda pas à être rejointe par Chalaya à qui elle raconta sa matinée. Cette dernière rit à gorge déployée de la manière dont Irielle avait faussé compagnie à Janina.

— T'as bien fait. C'est une teigne ! Numéro Une pour elle, c'est juste pour emmerder le monde. Moi, tu vois, si on est correct avec moi, je suis magnalime.

— Magnanime, ne put s'empêcher de rectifier Irielle.

— C'est ce que j'ai dit !

— Oui, accorda Irielle.

— Bon, en tout cas, c'est important d'être comme ça quand on est Numéro Une. Faut savoir être sévère quand c'est besoin, et gentille le reste du temps. Faut être aimée, quoi. Non ?

— Bien sûr.

— C'est quoi, ta nouvelle classe ?

— Section DFPU, répondit Irielle.

— Section DFPU ! Dis donc ! La plus haute !

— Je ne sais pas. Tu sais ce que veut dire « DFPU », toi ?

— Bien sûr. Diplôme Final Pré-Universitaire. C'est ce que tu vas passer en fin d'année. C'est la dernière classe ! L'année prochaine, si tu as réussi le DFPU, tu sors d'ici et tu vas à l'université.

— L'université ?

— Les grandes études pour devenir quelqu'un d'important qui gagne bien sa vie.

Irielle plissa le nez en signe de désintérêt.

— Tu cherches ton cousin, affirma Chalaya en suivant le regard d'Irielle qui était focalisé sur la file d'attente des garçons.

— C'est lui ! s'égaya Irielle qui venait d'apercevoir Nolane.

Elle se levait pour lui faire signe, lorsque Chalaya, prompte et autoritaire, lui attrapa le bras et la retint assise.

— T'es dingue ou quoi ! T'as pas intérêt à te faire repérer par les surveillantes !

— Comment je vais faire pour qu'il me voie ?

— Je vais planter un incident, comme ça, c'est sur moi que sera l'attention. Pendant ce temps, fais en sorte qu'il te remarque.

Avant même d'avoir fini sa phrase, elle poussa d'un brusque coup de coude son plateau qui tomba avec fracas sur le sol.

— Oh ! Putain de merde ! vociféra-t-elle.

Aussitôt, une surveillante bondit et l'attrapa par l'épaule.

— Ramasse et nettoie. Ensuite, dehors ! Je considère que tu as mangé.

Tous les visages s'étaient tournés vers leur table. Les surveillantes qui étaient réparties aux quatre coins du réfectoire s'approchèrent lentement du lieu de l'incident.

Les files de filles et de garçons qui déambulaient sur les rampes du self s'étaient arrêtées. Irielle s'était levée et reculait d'un air dégoûté en époussetant sa jupe. Elle fixait Nolane qui essayait de voir ce qui se passait. Enfin, il déporta son regard et aperçut Irielle. Elle lui fit un petit signe afin d'être certaine qu'il l'avait repérée. Il lui répondit par un geste d'impuissance. Elle tendit la paume de sa main gauche et fit signe d'écrire dessus avec sa main droite, puis elle montra sa fourchette et désigna discrètement le bac à fourchettes. Les bacs à couverts étaient la seule chose que les deux selfs avaient en commun. Elle lui fit comprendre qu'il faudrait glisser les messages sous le bac. Il hocha la tête pour confirmer qu'il avait saisi, et le rang se remit en marche. Chalaya termina le nettoyage et sortit. Irielle se rassit et attendit que les surveillantes eussent rejoint chacune leur poste. Elle mangea ce qui n'était pas transportable, la purée et la salade, fourra discrètement dans sa poche la tranche de jambon pliée en quatre, les deux tranches de pain et le yaourt, puis quitta le self et alla retrouver Chalaya.

La Numéro Une était assise sur les marches du perron qui donnait dans la cour des filles. Irielle s'assit à côté d'elle.

— Y a un coin où on serait tranquilles ? s'enquit-elle.

— Entre la haie et le mur d'enceinte. Je connais un passage dans la haie. C'est ma planque extérieure.

— J'ai des trucs à bouffer pour toi dans ma poche.

— T'as réussi à sortir de la bouffe sans te faire carrer ?

— Du pain, du jambon, un yaourt, annonça Irielle en pensant que « carrer » était un verbe à tout faire dans le lexique de Chalaya.

— On est intimes, maintenant toi et moi, affirma Chalaya en se levant, tu m'as plu tout de suite avec tes cheveux rouges et ta manière de n'avoir peur de rien ! Entre toi et moi, c'est à la vie à la mort. J'ai bien compris que tu vas te carrer de là et que rien d'autre t'intéresse. J'crois que tu y arriveras. J'vais t'aider, t'sais ! Et je partirai peut-être avec toi.

— Pas sans Nolane, et avec Jode et Moïsa.

— Encore des cousins ? Tu vas me dire tout ça pendant que je mange.

Irielle restait méfiante. Chalaya l'avait aidée, mais c'était une enfant-rat et elle était chef de son dortoir. Tant que Chalaya ne contrarierait pas ses plans, Irielle la traiterait comme une alliée, mais il en faudrait plus pour qu'elle se sentît son amie. Cependant, Irielle ne perdait pas de vue son objectif. Elle inventa donc une histoire de sa vie où Jode et Moïsa étaient son frère et sa sœur, et où tous trois avaient vécu dans une horde dont son cousin Nolane était le chef.

— Et toi, c'était quoi ta vie, avant ici ? demanda Irielle lorsqu'elle eut achevé son récit.

— Les égouts... Et avant, je me souviens pas... Ma horde. Une horde de filles. J'tais le chef. Je suis née pour être chef.... C'est pour ça que je vais t'aider à te carrer. Sans moi, tu pourras pas.

— Merci, dit sobrement Irielle.

— Oh, c'est le rôle de chef. Je sens que tu lâcheras pas c't'idée. Normal que j'en sois. T'as un plan ?

— Non. J'attends de voir ce que va me dire Nolane.

— Ah ouais, je l'avais oublié, ç'ui là. T'as besoin de l'avis d'un garçon pour savoir ce que tu vas faire ?

— C'est mon cousin, et j'ai besoin de savoir comment ça se passe de son côté, répliqua Irielle avec fermeté mais sans aucune agressivité.

# 27

Nolane avait mal dormi. Toute sa nuit avait oscillé entre un état de veille comateux et un sommeil où les cauchemars avaient défilé, provoquant de brusques réveils et le laissant submergé par l'angoisse. Irielle morte. Moïsa en train de se noyer. Jode errant seul dans un tunnel. Aussi, Nolane avait-il accueilli avec soulagement la sonnerie du réveil.

Il s'était levé immédiatement et s'était trouvé nez à nez avec son voisin de lit. Un gars de son âge avec d'immenses yeux bleus insondables qui lui faisaient le regard dur.

— Moi, c'est Adel. Et toi ?

— Nolane.

— J'tais pris l'aut'nuit. J'sais pas si j'restrai long, ici. J'sais pas où j'irai, s'non.

— Oui ? répondit Nolane évasif.

Adel n'avait pas l'air agressif, mais son accent d'enfant-rat et sa manière de parler avaient soulevé chez Nolane un vif sentiment de répulsion. Il fit un effort pour n'en rien laisser paraître.

— Et toi, t'restras pas aussi ? Non ? lui demanda Adel.

— J'sais pas, non plus, esquiva Nolane, prudent.

— Alors, on pourrait êt'e pote ? T'veux ? Et on's'tire d'là, vit'fait.

— Oui ?

— T'tais dans les égouts, toi aussi ?

— Oui.

— T'pas bavard, non ?

— Non.

— R'marque, c'bien. J'su bavard, moi. Ça suffit !

Adel ricana et Nolane ricana aussi.

Un surveillant apporta l'uniforme de Nolane. Adel se rua sur la veste et chercha l'étiquette.

— C'quelle classe ?

— « Lecture 2 », lut Nolane.

— « Lecture 2 » ! T'sais lire ? s'étonna Adel.

Un éclair inquisiteur passa dans son œil bleu et un instant d'hésitation imprima sur son visage une dureté qui rappela à Nolane les garçons de sa horde. Instinctivement, il recula. Savoir lire était suspect chez les enfants-rats ; comment Adel allait-il réagir au fait qu'il sût lire ?

Adel se contenta de cracher par terre et ajouta :

— Pas comme moi. Moi, c'« Lecture 1 ». J't'jure, c'compliqué leur truc. J'y comprends rien. J'sais pas à quoi ça sert, même !

Il cracha de nouveau par terre.

— Compliquée c't'affaire ! répéta-t-il.

Nolane ne releva pas. Adel n'avait pas lâché sa veste.

Il avait les mains de chaque côté de l'étiquette qu'il écartelait comme pour la rendre plus lisible.

— Et pis, c'quoi c'deux mots qu't'as écrits là ?

— Nolane Rodelle, répondit Nolane.

— J'croyais qu't'appelais Nolane.

— Oui.

— Rodelle, c'quoi ?

— Mon nom de famille.

— D'famille ?

— Oui.

— Ç'veut dire quoi ? Qu't'as une famille, toi ?

— Adel ! Nolane ! Toujours pas sous la douche ? se fâcha le surveillant.

Nolane souffla. Le surveillant venait de lui épargner une réponse difficile. Il suivit Adel jusqu'aux sanitaires.

— Alors, c'te famille qu'tas ? s'écria ce dernier depuis sa cabine de douche.

— J't'expliquerai, éluda Nolane.

Adel était un garçon qui avait de la suite dans les idées, et lorsqu'il reposa sa question dans le réfectoire, Nolane ne put se cacher longtemps derrière sa tasse de chocolat.

— J'ai une cousine qui a mon âge et un cousin plus petit que moi, et une autre cousine qui est bébé.

— C'quoi ça, « cousin », « cousine » ?

— T'sais ce que c'est « frère » et « sœur » ?

— J'sais. T'm'prends pour quoi ?

— « Cousin, cousine », c'est presque pareil, continua Nolane en tâchant de rester impassible.

— T'as une famille, d'vrai, réalisa Adel.

Un type vint s'asseoir en face d'eux.

— Ça va, p'tite'tête ? fit-il, goguenard, en plaquant le plat de sa main sur le front d'Adel.

— Ça va, Chef ? T'connais l'nouveau ? Ç'appelle Nolane.

— Y peut se présenter tout seul, non ?

— Nolane, annonça Nolane.

— Drac, le chef du dortoir.

— OK, approuva Nolane d'une voix sans ton.

Nolane et Adel terminèrent leur petit déjeuner en silence. Nolane espérait qu'Adel ne recommencerait pas avec ses questions à propos de sa famille.

Après le petit déjeuner, un surveillant vint le chercher et l'escorta jusqu'à l'infirmerie où il devait subir un examen médical. Ensuite, il fut conduit dans sa classe. Il y avait là une vingtaine de garçons plus jeunes que lui. Son arrivée n'eut pas l'air de les émouvoir. Le professeur lui désigna sa place. Il s'installa et jeta un œil curieux alentour. Dans une salle de classe, il était dans une salle de classe ! Irielle lui avait raconté sa vie en surface, et particulièrement ses années d'école, mais il n'avait pas réussi à mettre des images sur ces récits. Et voilà qu'il se trouvait assis à un bureau, dans une classe, avec des élèves autour de lui et un professeur qui avait l'air de lui parler.

— Tu m'entends ? demandait celui-ci, j'aimerais que tu nous dises comment tu as appris à lire.

— Euh..., j'ai toujours su. J'savais lire en arrivant dans les égouts et j'ai pas oublié, mentit Nolane.

— Bien, ponctua le professeur, maintenant, au travail ! Prenez vos livres de lecture courante page 50.

La matinée parut plaisante à Nolane. Il décida de mettre à profit le peu de temps où il fréquenterait l'école avant de s'évader pour progresser. Durant l'été, Irielle et Jode lui avaient transmis leur rage de savoir et il aurait beaucoup à faire avant de parvenir à leur niveau.

— Alors ? l'interrogea Adel lorsqu'ils se retrouvèrent dans la queue du self.

— C'est OK, déclara-t-il, laconique.

— T'm'as pas dit d'où qu't'sais lire, toi ?

— Avant les égouts, mentit de nouveau Nolane.

— J'y arriverai jamais, moi.

— S'tu veux, je t'aide.

— T'ferais ça, toi ?

— Pourquoi non ?

— J'veux bien. T'sais c'qu'arrive à ceux qu'arrivent pas à lire ?

— Non ?

— Quand y croyent qu'y z'ont seize ans, les foutent sur l'marché du travail, paraît ? T'sais c'qu'c'est, toi, l'marché du travail ?

— Non...

— Moi non plus. Pas envie d'aller voir c'que c'est, c't'affaire, encore.

— Peut-être qu'c'est tout simplement travailler, comprit soudain Nolane.

— C'quoi ça, travailler ?

— T' fais quelque chose, comme par exemple, laver le réfectoire et en échange, t'es payé.

— Payé ? C'veut dire quoi ?

— Justement, c'est quand on te donne de l'argent en échange de laver le réfectoire, par exemple.

— On'l'lave l'réfectoire, et on't donne pas d'argent !

— Mon exemple est mauvais. Ici, on est élève, c'est pour ça qu'on n'est pas payé, j'pense... Tiens ! Les gars qui nous font à bouffer, y sont payés pour ça.

— Parc'qu'y sont plus élèves ?

— Oui.

— Oh ! Attends voir ! Moi, j'vais dire qu'jai seize ans !

— J'sais pas si c'est bien, objecta Nolane tranquillement.

— D'quoi ?

— De travailler.

— T'es con, toi. Une fois qu'm'ont mis au travail, j'su libre. J'retourne dans les égouts.

Nolane ne put réprimer un haut-le-corps.

— Non ? s'étonna Adel.

— T'as vraiment envie de vivre d'nouveau dans les égouts, toi ?

— Pas toi ?

— Non, affirma Nolane.

— Pourquoi ?

— À chaque minute, tu risques ta vie. Les hordes, les flics... La peur... C'est ça que tu regrettes ? lança Nolane.

— Ben, maint'nant les flics ! Avant j'croyais qu'y nous tuaient. Maint'nant, j'sais !

Adel riait en disant ça.

— Et les hordes ?

— Ouais, fit Adel en cessant de rire, t'as raison, t'sais.

Ils étaient arrivés à la rampe du self et un brouhaha s'élevait du côté du réfectoire des filles.

# 28

L'après-midi dans sa nouvelle classe confirma à Irielle qu'elle avait largement le niveau. À la fin du dernier cours, le professeur de mathématiques, qui était également son professeur principal, la retint afin de lui expliquer les avantages qu'il y avait à fréquenter la section DFPU. C'était un vieil homme, et il y avait une grande bienveillance dans sa manière de s'adresser aux élèves.

— Tu es dans l'excellence, désormais. L'examen sera une formalité pour toi. Nous préparons les hautes écoles, ici. Et tu pourras prétendre à chacune. D'après tes tests, tu serais plus littéraire que matheuse. Je place cependant de grands espoirs dans ta personne. Je suis loin de dire mon dernier mot avec toi, n'est-ce pas, puisque c'était notre premier cours ! Et nous avons toute une année scolaire pour faire de toi une élève complète ! Comme cela tu auras le choix, plus tard. Tu verras... La vie sourit aux très hauts diplômés, et tu en seras. Ce sera une belle revanche pour toi, n'est-ce pas ?

Il y avait une telle gentillesse dans ce que disait ce vieux professeur qu'Irielle l'écouta poliment sans manifester d'hostilité. Son sourire angélique trompa le vieil homme qui lui tapota amicalement l'épaule avant de la quitter.

Pendant l'étude, elle exécuta rapidement ses devoirs sans toutefois les bâcler. Puis, elle laissa ses cahiers et ses livres ouverts sur son bureau et fit semblant de continuer à travailler. En réalité, elle essaya d'apprivoiser la situation dans laquelle elle se trouvait.

Le soir, elle s'arrangea pour passer au self avec le gros de la troupe. Pendant que Chalaya amusait la galerie, elle souleva le bac des fourchettes et y trouva une feuille de classeur pliée en quatre qu'elle fourra dans sa poche. Le dîner des deux camarades de dortoir fut expédié. Elles furent les premières à sortir du réfectoire.

— Vous avez mangé trop vite, c'est mauvais pour l'estomac, leur fit remarquer la surveillante de porte.

— On fera attention demain, promit Irielle.

Elles foncèrent dans leur cachette entre la haie et le mur d'enceinte. Irielle déplia la lettre de Nolane et lut en silence :

« J'espère vas que ma que pas deux même faut temps c'est sais pour faire gars dit pas prendre je pas nous on dehors il qu'après mort de c'est quoi en disent plutôt je que je ne je... »

— C'est quoi, ce charabia ? s'enquit Chalaya qui avait déchiffré le texte par-dessus l'épaule d'Irielle.

Irielle ne répondit pas tout de suite. Elle était affreusement déçue. Elle réalisait à quel point elle avait attendu ce message de Nolane. Elle mesurait combien sa présence lui manquait et combien l'absence de Jode et celle de Moïsa creusaient un vide insondable en elle. Ce vide s'ouvrait sur le vide de l'absence de ses parents. Il semblait ne pas avoir de limites. Elle fit un violent effort pour ne pas céder aux larmes. Chalaya ne devait rien deviner de son désespoir. Montrer ses émotions serait pris pour une marque de faiblesse par cette fille qui n'avait rien connu d'autre que les égouts.

Irielle parcourut de nouveau le message de Nolane. C'était bien son écriture appliquée et balbutiante. Elle s'imposa de reprendre son calme et relut entièrement le texte. Peu à peu, elle comprit.

— On aura la suite demain matin au petit déjeuner. Il n'a écrit qu'un mot sur deux, je crois. Comme ça, si quelqu'un d'autre avait trouvé ce billet, il n'aurait eu aucune information, et il n'aurait pas su qui l'avait envoyé ni à qui il était adressé.

— Malin, admit Chalaya.

— Le mieux, c'est d'aller dormir. On sera plus vite à demain matin comme ça, trancha Irielle en prenant la direction du dortoir.

Elle avait craint de ne pas pouvoir s'endormir, mais le choc de l'arrestation qui résonnait encore en elle, la quasi-absence de sommeil de la nuit précédente ajoutés au rythme inhabituel de cette journée eurent raison d'elle. Elle dormit comme on se réfugie dans l'oubli. Ce fut un sommeil lourd, fait de cauchemars et de rêves.

La sonnerie retentit sur le rire de Jode qui chahutait avec Nolane sur son lit dans l'avion. Le rêve se brisa. Mais, longtemps dans la journée, Irielle conserva la sensation de la douceur de la vie dans la cache-avion.

Le petit déjeuner fut maussade. Elle n'avait rien trouvé sous le bac à fourchettes. Toute la matinée, elle redouta qu'un surveillant n'eût découvert le second message de Nolane. Aussi ressentit-elle un réel soulagement lorsqu'elle découvrit le feuillet lors de son passage au self, au moment du déjeuner. Elle avala son repas et se hâta vers leur cache. Chalaya sur ses talons.

« Que bien je lettre tu jeté autres si plus pour mieux de pas prendre d'ici qu'il se les ne pour les est de et c'est c'est savoir vrai... »

Irielle sortit le premier message de sa poche et elle le tendit à Chalaya.

— Tu lis un mot du premier message et moi un mot du second.

Elles lurent la première phrase. Cela donnait :

« J'espère que vas bien que je ma lettre que tu pas jeté deux autres... »

— Il a dû découper son texte en trois, conclut Irielle à peine désappointée cette fois-ci, attendons ce soir.

Irielle subit le long étirement de l'après-midi autour d'un texte de philosophie. Elle ne parvint pas à se concentrer. Chacune des heures qui s'écoulaient semblait l'éloigner de la possibilité de revoir Jode et Moïsa.

S'évader. C'était son objectif. Cela devenait une obsession. Pourtant, il n'y avait encore rien de concret sous ce mot. Elle n'avait pas la moindre idée de la manière dont elle pourrait réaliser ce projet. Cependant, elle s'y accrochait afin de ne pas sombrer. La lettre de Nolane lui paraissait déterminante.

Le soir, Nolane passa en même temps qu'elle sur la rampe du self. Ils se débrouillèrent pour arriver ensemble au bac des fourchettes. Nolane se servit le premier et Irielle récupéra le feuillet plié en quatre avec sa fourchette. Ils échangèrent un regard, mais ne se parlèrent pas. Chacun s'éloigna dans son réfectoire.

— Qu'est-ce qu'il est beau, ton cousin ! souffla Chalaya en s'asseyant.

— Tu trouves ? Tu sais, moi, je le connais trop, je ne m'en rends pas compte, mentit Irielle.

Chalaya était de service de nettoyage au réfectoire et Irielle fut soulagée de ne pas l'avoir sur le dos pour déchiffrer le texte final.

— Je te dirai, promit-elle en la quittant après le dîner, rendez-vous dans le dortoir.

Cette fois-ci, elle avait apporté un papier et un crayon. À l'abri derrière la haie, elle reconstitua le message de Nolane à partir des trois feuillets codés. Elle le ponctua, et obtint le texte tant attendu.

« J'espère que tu vas bien comprendre que je code ma lettre et que tu auras pas jeté les deux autres messages. Même s'il faut plus de temps pour écrire, c'est mieux, tu sais, de coder pour pas se faire prendre. Un gars d'ici m'a dit qu'il fallait pas se faire prendre. Les filles, je sais pas pour vous. Nous les garçons, on est jetés dehors de l'internat et il paraît qu'après c'est la mort. C'est impossible de savoir si c'est vrai ou quoi. Il y en a qui disent que c'est plutôt le travail. Je crois bien que c'est ça. Je fais attention, ne t'inquiète pas. Je vais à l'école ! J'apprends. C'est ça qui m'aide pour le moment. Je pense tout le temps à eux, tu vois qui je veux dire. À toi aussi, mais comme je te vois au self, ça m'aide.

« Je sais que tu veux sortir d'ici. Je le ferai avec toi. Comme on s'est promis. Mais comment ? Comment ? Nous, on est trop surveillés.

« On retournera pas là où on était si bien, mais on ira ailleurs, et on sera ensemble, et ce sera aussi bien.

« Code tes lettres.

« Ne les signe pas, on sait qui on est. »

Irielle apprit par cœur le contenu de la lettre. Puis, elle déchira les quatre feuilles de papier en tout petits morceaux. Elle creusa un trou dans la terre sous la haie, et enterra un tiers des confettis ainsi obtenus. Elle alla jeter le second tiers dans les toilettes et répartit le troisième tiers dans différentes poubelles. Elle monta dans le dortoir et, allongée sur son lit, elle se répéta le message. Non seulement Nolane ne suggérait aucune idée pour s'évader, mais il l'informait qu'il lui était impossible de sortir de là. Un bref instant, elle faillit céder au découragement. Elle se reprit aussitôt. Elle voulait partir d'ici. Elle en trouverait le moyen. Elle partirait d'ici.

Elle fit tourner en boucle les phrases : « ... je pense tout le temps à eux... À toi aussi, mais comme je te vois au self, ça m'aide... on retournera pas là où on était si bien, mais on ira ailleurs, et on sera ensemble, et ce sera aussi bien. » Ces phrases étaient comme une liqueur de douceur qui coulait en elle et remplissait le vide qui s'était ouvert et la rongeait sans cesse depuis leur arrestation, l'obligeant à lutter pour ne pas s'effondrer.

« ... on ira ailleurs, et on sera ensemble, et ce sera aussi bien. »

Longtemps bercée par la litanie des mots de la lettre de Nolane, elle plongea lentement dans le sommeil et n'entendit pas Chalaya revenir de son service.

# 29

«Moi aussi, je pense à eux tout le temps et à toi... Avec une autre fille, je cherche le moyen de sortir. Réfléchis de ton côté et dis-moi si tu as une idée... Une dame qui avait l'air d'être gentille m'a dit de ne jamais être rebelle, ici. Qu'ils n'ont pas de pitié pour les rebelles. Méfie-toi de tout le monde. J'aimerais tellement qu'on soit déjà de nouveau ensemble.»

«Il faut quand même partir et les retrouver. Écris-moi dès que tu le peux. Ne serait-ce que trois mots...»

«Déjà deux semaines que nous sommes là. J'ai l'impression que nous ne ressortirons plus, maintenant. Ce matin, j'ai demandé le droit d'aller leur faire des visites. La surveillante générale m'a dit qu'elle allait voir si c'était possible. Tu as le droit aussi, si tu as dit "cousin et cousine", comme on avait décidé dans la camionnette. Vous me manquez tellement.»

« J'apprends tes messages par cœur et je me les récite quand je suis trop triste. Je n'ai toujours pas d'idée pour partir. Aucune fenêtre de notre bâtiment ne donne sur la rue. Les portes qui donnent dehors ont toutes un sas surveillé jour et nuit, à part celles de la cuisine. Il y en a une pour les livraisons. Elle donne sur la rue, il paraît. Sauf qu'on n'a pas accès aux cuisines. Je ne sais pas si nous parviendrons à partir. Il doit nous attendre. Et de ton côté ? »

Nolane était allongé sur son lit. Les yeux fermés. Lui aussi se récitait les lettres d'Irielle qu'il apprenait par cœur avant de les détruire. Il se les redisait chaque soir pour faire sonner ses mots en lui et afin de ne pas les oublier.

Il faisait chaud encore pour la saison. Il ne trouvait pas le sommeil. S'évader ? Cela lui semblait impossible. Même les plus récalcitrants n'envisageaient pas de s'évader. Toutes les fenêtres étaient grillagées. L'enceinte de la cour des garçons avait été doublée. Le soir de son arrivée, il avait été reçu par deux hommes qui lui avaient clairement annoncé les règles. Soit il se tenait correctement et s'appliquait à avoir de bons résultats scolaires, soit il serait envoyé là où n'importe quelle main-d'œuvre faisait l'affaire. Dans le premier cas, il pourrait poursuivre des études jusqu'au plus haut niveau qui lui permettraient d'avoir un bon métier. Dans le second cas, le moindre écart équivalait à signer son arrêt de mort. Les mots « arrêt de mort » l'avaient saisi. Au début, il y avait cru. Il avait vraiment cru qu'on tuait les opposants comme dans les égouts. Des rumeurs sinistres continuaient à courir sur ce qui arrivait aux exclus. Néanmoins, au fil des jours, Nolane avait compris qu'il n'était pas directement menacé de mort. Juste menacé d'être banni du circuit des études. Ce qui équivalait à être mis au ban de la société : rejoindre la cohorte des emplois précaires, des chômeurs, puis les gens de la rue et enfin, pour un jeune de son âge, les égouts. Il avait peiné pour faire comprendre à Adel que c'était un engrenage à éviter. Ce dernier avait eu du mal à se départir d'une nostalgie surprenante, mais tenace, de sa vie dans les égouts.

— Je ne comprends pas que tu regrettes, lui avait dit Nolane dès le deuxième soir, tu n'avais pas de famille. Tu es mieux, ici.

— T'vais pas d'famille non plus, avait rétorqué Adel.

— Si. Il y avait Irielle, Jode et Moïsa.

— T'connais pas les enfants-rats ? Y t'ont d'jà oublié.

— Non, ils sont différents. Irielle n'est pas une enfant-rat.

— L'vivait dans les égouts. C't'une enfant-rat.

— Non, ni elle, ni Jode ne sont des enfants-rats, avait affirmé Nolane avec une sérénité et une assurance qui avaient ébranlé Adel.

Depuis, il y avait eu les échanges de messages. Adel avait fini par reconnaître que c'était différent.

Nolane ne voulait pas passer les prochaines années de sa vie dans ce pensionnat loin de Jode, de Moïsa et surtout d'Irielle. Il ne cessait de réfléchir à la possibilité de s'évader. Fidèle à lui-même, il se faisait discret, travaillait ses cours avec le même secret bonheur d'apprendre, et ne cherchait pas à entrer en relation avec les autres pensionnaires. Il parlait peu avec ses compagnons de dortoir ou de classe. Juste assez pour ne pas être inquiété. Il avait Adel. Cela suffisait. Adel était presque devenu un ami. Nolane lui apprenait à lire. En contrepartie, Adel acceptait que Nolane ne ressemblât pas aux autres.

Adel avait vécu la plus grande partie de sa vie dans les égouts. Lors d'une bagarre entre hordes, son chef avait dû se soumettre à une horde de garçons plus âgés. Ils étaient devenus leurs esclaves et leurs souffre-douleur. Adel avait montré à Nolane quelques vilaines cicatrices que les coups du nouveau chef avaient laissées sur son dos. Finalement, Adel avait réussi à s'échapper et à quitter les égouts. Il s'était fait prendre par la police dans une gare alors qu'il montait dans un train pour quitter la ville.

Petit à petit, et après un début de séjour qu'il avait difficilement supporté, Adel s'était habitué au pensionnat. Il n'aimait pas les cours, ni les devoirs, mais il mangeait à sa faim et ne recevait plus de coups. L'obsession de s'évader pour retourner dans les égouts avait fini par le quitter.

— J'vais rester, moi, déclara-t-il un soir, avant l'extinction de la lumière.

Ils étaient allongés sur leur lit, les yeux rivés sur le plafond.

— C'est grâce à toi. T'm'as aidé. J'vais t'aider à trouver un moyen d'te tirer. Toi, c'pas pareil.

Adel se mit en quête d'une solution pour aider Nolane à s'enfuir du pensionnat.

— Y a aucune possibilité d's'évader d'ici, t'sais, finit-il par conclure, faudra qu'tu profites d'une sortie à l'extérieur. À Noël, les trois meilleurs élèves de chaque classe sont récompensés. Y les emmènent voir un pestacle ou un truc comme ça.

— Spectacle.

— Voilà, c'est ça ! Spectacle... M'demande pas c'que c'est, c't'affaire, j'en sais rien. T'dois faire partie des trois qui y vont. Ensuite, t'aviseras. S'non, t'as aucune chance.

— Noël, marmonna Nolane à qui il sembla que cent ans s'écouleraient d'ici à cette date.

Nolane écrivit un petit mot à Irielle afin de la prévenir. Peut-être en était-il de même pour elle. Dans ce cas, elle devrait être dans les trois premières de sa classe. Elle n'aurait pas de mal à atteindre cet objectif ! Mais hélas, ils devraient s'évader et rejoindre la ferme du Prains chacun de leur côté. La réponse d'Irielle ne le surprit pas.

« Un de nous seulement pourra s'évader comme ça, car avec ce moyen, on ne peut pas emmener qui tu sais. Donc, ce sera toi, car vous êtes plus surveillés que nous, je crois. »

Un matin de la quatrième semaine, Nolane fut convoqué chez le surveillant général. C'était un homme d'une cinquantaine d'années, ni malveillant, ni bienveillant. Nolane appréciait son esprit d'équité et son attitude dénuée d'affectivité. Avec lui, les choses étaient dites sans détour. Pourtant, ce matin, il paraissait gêné.

— C'est à propos de ta requête, commença-t-il.

Comme le lui avait suggéré Irielle dans sa troisième lettre, Nolane avait demandé à rendre visite à Jode et Moïsa.

— Oui ? s'inquiéta Nolane.

— Je n'ai pas obtenu de réponse favorable.

Nolane demanda si son attitude était en cause. Le surveillant leva le nez de son dossier.

— Du tout. Ça coince du côté de la section Petite Enfance. Voilà tout.

— Il est arrivé quelque chose à Jode ou à Moïsa, affirma Nolane dont la voix trahissait l'émotion.

— Je t'en ai déjà trop dit, éluda le surveillant.

— Dites-moi juste s'ils sont morts ou malades ?

— Ni morts, ni malades. Maintenant, rejoins ta classe.

Nolane n'insista pas. Au risque de se faire prendre, il envoya un message non codé à Irielle et se débrouilla pour passer en même temps qu'elle au self. Elle lui écrivit le soir même pour l'informer qu'elle avait eu une réponse identique. Elle était persuadée qu'il était arrivé quelque chose aux deux enfants.

# 30

Le soir de leur arrestation, Jode avait d'abord entendu des bruits et des cris sous l'avion. Il s'était levé et avait regardé par le hublot de sa chambre. Il avait vu les flics, les projecteurs, puis Irielle et Nolane menottés. Il avait couru jusqu'au lit de Moïsa et avait pris sa petite sœur dans ses bras. Il s'apprêtait à s'enfuir par l'arrière de l'A380 quand les flics l'avait attrapé et obligé à descendre pour rejoindre leurs camionnettes. Il n'avait pas lâché Moïsa. Dehors, Irielle avait crié son prénom d'une voix désespérée. Jode n'aimait pas ce souvenir. Ensuite, on les avait conduits jusque dans une fourgonnette, mais pas celle où étaient montés Irielle et Nolane.

Ils avaient roulé un bon moment. Jode n'avait pas pu voir où ils allaient parce qu'il n'y avait pas de fenêtre. Moïsa avait pleuré longtemps et s'était endormie un peu avant l'arrivée. On l'avait fait descendre devant un bâtiment. Il avait toujours sa petite sœur contre lui. Deux dames les attendaient sur le pas de la porte d'entrée. L'une d'elles avait tendu les bras afin qu'il lui confiât Moïsa. Il avait refusé. Sans un mot. Simplement en se détournant pour protéger Moïsa. Les deux dames n'avaient pas insisté. Elles l'avaient conduit dans une petite pièce et lui avaient posé plein de questions. Il n'avait donné qu'une seule réponse :

— Je veux rester avec Moïsa.

Une des dames avait ouvert un placard, avait pris quelque chose dedans et, soudain, il avait ressenti une piqûre dans le bras comme la fois où il s'était fait piquer par une guêpe. Il avait eu le temps de se retourner et de voir une aiguille et un tube avec un peu de liquide dedans. Ensuite, il ne se souvenait plus de rien. Il s'était réveillé dans un lit. Dans une chambre immense. Il y avait là plein d'autres lits dans lesquels dormaient d'autres garçons de son âge. Moïsa n'était plus avec lui. Il avait hurlé son prénom et avait réveillé la plupart des autres garçons. Un homme était venu et lui avait dit d'une voix pas forte, mais pourtant méchante :

— Soit tu te tais, soit je t'emmène avec moi, et si tu n'as jamais reçu de coups, tu sauras ce que c'est...

Et Jode s'était rappelé toutes les consignes qu'Irielle lui avait fait apprendre par cœur. Les consignes de rencontre avec les flics ou les adultes de la Zone Riche disaient de faire semblant d'obéir, d'avoir l'air de coopérer. Irielle ajoutait : ne pas devenir leur ami, et tout faire pour s'enfuir sans rien leur laisser soupçonner.

Jode allait s'enfuir. Récupérer Moïsa et s'enfuir. En attendant, il valait mieux faire semblant de coopérer, comme Irielle l'avait dit.

— Elle est où, Moïsa ? avait-il demandé avec calme.

— Ta petite sœur est dans la section des bébés, dans une autre partie du bâtiment. Si tu es sage, tu auras le droit d'aller passer un petit moment avec elle, le soir après l'école.

— D'accord, avait acquiescé Jode.

Et il n'avait plus jamais prononcé un seul mot.

Le matin, l'homme lui avait montré comment se servir d'une douche. Ensuite, il lui avait donné un texte à lire avec des questions auxquelles il avait dû répondre par écrit. Très facile, avait pensé Jode. Après quoi, il lui avait remis un uniforme sur lequel était écrit Jode Rodelle et « Approfondissement 2 ».

— C'est le nom de ta classe, lui avait expliqué l'homme, c'est rare pour un enfant de cinq ans d'être dans cette section. Tu seras avec des garçons plus âgés.

Jode n'avait pas démenti l'âge qu'il lui avait attribué. De toute façon, il avait décidé de ne plus parler.

Il avait déjeuné dans une immense salle avec plein d'autres garçons dont la plupart étaient plus petits que lui. Puis, il avait suivi un autre homme qui l'avait accompagné dans une salle toute blanche où une dame l'avait mesuré, pesé et examiné. Enfin, l'autre homme l'avait mené jusqu'à sa classe.

Le maître l'avait fait asseoir à côté d'un garçon qui devait avoir l'âge de Nolane. Il s'était penché vers lui et avait murmuré :

— Je m'appelle Toiny, et toi ?

Jode l'avait regardé. Ce Toiny avait l'air plutôt gentil. Néanmoins, Jode s'en était tenu à sa décision de ne parler à personne. On l'avait amené ici. On l'avait séparé de sa petite maman et de son petit papa. Rien n'existerait pour lui dans cet endroit. Jode avait planté un regard morose dans celui de Toiny et lui avait adressé un pâle sourire. Il n'avait rien de particulier contre ce grand, cependant toute amitié lui était impossible en ce lieu. Le grand Toiny l'avait-il compris ? Jode l'espérait.

Tout de suite, Jode s'était appliqué à travailler. « Faire semblant d'obéir », « avoir l'air de coopérer ». Jode avait appliqué à la lettre les consignes d'Irielle. Ses résultats avaient cloué le bec à ceux de sa classe qui avaient d'abord eu tendance à chahuter ce petit gars qui les snobait en ne leur adressant pas la parole. Très vite, ils avaient vu Jode sous un autre jour. Il n'y avait aucune morgue chez lui, mais une immense tristesse. Et ce petit bonhomme mutique et brillant, dont le silence et la dignité dans les manières inspiraient du respect, avait fini par devenir leur protégé.

Les journées se succédaient, mornes et rituelles. Chaque soir, après la classe, Jode allait voir Moïsa. Les premiers jours, on ne l'avait pas laissé la prendre dans ses bras. Mais lorsqu'on avait compris qu'il n'était pas un enfant belliqueux, on lui avait permis de s'occuper de sa sœur comme il voulait.

Il s'isolait avec elle, la berçait en lui chantant des chansons, lui promettait qu'elle ne grandirait pas là, et lui parlait d'Irielle et de Nolane. Dans le même temps, il observait attentivement les lieux et réfléchissait à la manière de quitter cet endroit avec sa petite sœur.

Au bout de quinze jours, il avait son plan pour venir chercher Moïsa la nuit de son évasion. Car il avait résolu de s'évader la nuit.

# 31

Jode avait remarqué qu'il n'y avait personne dans les couloirs, la nuit. Et seulement un surveillant par dortoir. Les adultes ne devaient pas prêter aux enfants de son âge l'intention de se sauver. Cette réflexion avait permis à Jode de continuer à préparer son évasion en ayant confiance en sa possibilité de réussir. Il avait repéré l'itinéraire idéal pour sortir du bâtiment. Son souci avait été de savoir ce qu'il devrait faire une fois dehors. Impossible de rejoindre Nolane et Irielle. Il ne savait pas où ils étaient. Il était finalement parvenu à la conclusion que la meilleure chose à faire était d'appeler les Rick. C'étaient les seules personnes qu'il connaissait dans la Zone Riche et ils avaient appris par cœur leur numéro de téléphone. Jode ne l'avait pas oublié : 654 258 RI. Il savait aussi ce qu'était un téléphone. Irielle le lui avait montré dans les vitrines des magasins quand ils sortaient en ville. Elle lui avait expliqué comment cela fonctionnait. Le problème était de s'en procurer un.

Il trouva la solution un matin de la fin de la troisième

semaine tandis qu'il était à l'infirmerie avec les autres élèves de sa classe. Le téléphone portable de l'infirmière sonna. Elle sortit le précieux objet de son sac, consulta son écran et replaça l'appareil. Jode n'avait pas quitté des yeux l'infirmière. Il profita de la séance collective de vaccination pour dérober le téléphone qu'il fourra discrètement dans la poche de sa veste.

Ce soir-là, il demanda à Bokni, un de ses camarades de dortoir, s'il ne voulait pas changer de lit pour la nuit, afin de voir si tous les lits étaient pareils.

— Tu parles, toi ? s'exclama Bokni, médusé d'entendre le son de la voix de Jode.

— Des fois, oui, répondit ce dernier, tu veux bien qu'on change de lit, hein ? Juste pour cette nuit.

— Qu'est-ce qu'il va dire, le surveillant ?

— Oh ! On n'aura qu'à pas lui dire. Il ne s'apercevra de rien si on change après son premier passage. Alors ?

— Ben..., euh..., si tu veux, finit par accepter Bokni.

Jode jubila. Si le surveillant trouvait le lit vide, il se tromperait d'enfant et il n'irait pas voir chez les bébés. En tout cas, pas tout de suite. Et cela lui permettrait de prendre de l'avance.

Lorsque tous ses camarades de dortoir furent endormis, Jode glissa son oreiller sous le drap du lit de Bokni afin de retarder un peu plus la réaction du surveillant. Il descendit au rez-de-chaussée. La pouponnière occupait l'aile gauche du bâtiment. Il n'y avait personne dans le couloir. Une surveillante somnolait dans la salle des adultes. Il accéléra jusqu'au dortoir des bébés. Dans la pénombre, il retrouva le berceau de sa petite sœur, s'assura qu'il ne se trompait pas d'enfant et sourit de la mimique de Moïsa quand elle ouvrit les yeux et reconnut Jode.

— Surtout ne pleure pas, lui dit-il d'une voix chuchotée et douce, on sort d'ici, on va bientôt revoir Irielle et Nolane, mais pas un cri.

Moïsa fit un sourire à Jode et laissa tomber sa tête contre la poitrine du petit garçon. Jode noua la veste de son uniforme serrée autour du bébé afin de la porter comme le faisait Irielle. Cela lui permettrait d'avoir les deux mains libres. Et il fila. Il fila dans le long couloir qui reliait la pouponnière au hall d'accueil. Il fila jusqu'à la salle d'attente. Là, il récupéra une chaise qu'il transporta devant la dernière fenêtre avant la porte d'entrée. Il grimpa sur la chaise, atteignit l'espagnolette, ouvrit la fenêtre et sauta dans la cour. Il courut jusqu'au portail, longea la balustrade sur une vingtaine de mètres, grimpa sur le muret, escalada la barrière en utilisant les motifs en fer forgé, enjamba le sommet, redescendit côté rue, sauta sur le trottoir et s'enfuit à toutes jambes. Droit devant lui.

Comme si elle avait senti qu'il ne fallait pas être un fardeau pour Jode, Moïsa n'avait pas bronché.

— Ça y est ! On est dehors ! l'informa-t-il en lui tapotant le dos, mais tu dois encore rester sans bouger... Et chut...

Jode avait l'impression d'avoir une grosse poitrine et un gros ventre. Il sentait la chaleur et la respiration de Moïsa dans tout son corps et il sentait son courage tout gonflé du bonheur de la savoir là avec lui. Il imagina la fierté d'Irielle et il continua à courir, se dirigeant au hasard.

Il se trouvait dans une ville. Était-ce la « capitale » sous laquelle il avait vécu avec sa petite maman, et où ils avaient si souvent fait surface pour déambuler au hasard des rues à la recherche de quelque chose à manger ? Il ne reconnaissait rien. Surtout, cette ville lui semblait très sale. Des monceaux de sacs poubelle s'entassaient le long des immeubles, exhalant une odeur presque aussi insupportable que celle des égouts.

Peu à peu, il cessa de courir, avançant d'un pas plus tranquille. Enfin, il reconnut la porte d'un immeuble dont le sous-sol donnait sur les égouts. Il était bien dans la ville qu'il connaissait. Il se plaqua dans le renfoncement de la porte pour souffler et réfléchir un instant à sa situation. Puis, il réalisa qu'il ne devait pas rester là. Des enfants-rats pouvaient apparaître à tout instant. Avec Moïsa, il ne s'enfuirait pas loin ! Il se remit en chemin. Il se souvenait de ce quartier. Il y avait un grand parc, pas loin. Il y était allé plusieurs fois avec Irielle. Il savait par où passer !

La nuit était sans nuage et une lune ronde éclairait la ville, aussi Jode ne s'étonna-t-il pas qu'aucun lampadaire ne fût allumé. Il arriva sans encombre dans le parc. Il choisit un arbre semblable à celui sous lequel Irielle et lui avaient pris l'habitude de faire une pause entre la station d'épuration et la cache-avion. Jode se faufila sous ses branches et, aussitôt à l'abri derrière le rideau de feuillage, il se sentit en sécurité. Il rassura Moïsa sur leur sort, lui suggéra de dormir et sortit le téléphone portable de sa poche.

Il composa le numéro de téléphone des Rick.

## 32

Smog tardait à fermer les volets. Un instant, il s'appuya contre le chambranle de la fenêtre ouverte et regarda la rue. Déserte et sans lumière en cette fin de journée. Depuis quarante-huit heures, les ouvriers d'Électricité Générale avaient rallié le mouvement. Le pays était bloqué. Le gouvernement persistait dans le déni et s'enfermait dans un discours lénifiant : les choses n'allaient pas si mal, on allait juguler la crise actuelle... Smog et le conseil de l'Organisation avaient donné pour mot d'ordre de ne rien lâcher. Le conflit montrait à quel point la majorité miséreuse et jusque-là silencieuse était derrière eux. C'était là leur force.

Smog aperçut deux ombres qui couraient. Une dizaine d'hommes encagoulés suivirent et vinrent se placer en embuscade sous le porche de l'immeuble en face de chez lui. Smog fit signe à Offalia de le rejoindre. Il s'écoula quelques minutes pendant lesquelles le crépuscule leur parut s'appesantir d'une menace sourde.

Ils comprirent que les hommes à cagoules étaient des

policiers au moment où ils les virent ouvrir le feu sur une quinzaine de personnes masquées qui sortaient en courant de la bijouterie en face de chez eux. Des pilleurs. Depuis le début des grèves, les pillages se multipliaient. Des civils s'associaient parfois aux pilleurs. La population trouvait là le moyen de s'approvisionner. Ces échauffourées devenaient de plus en plus fréquentes. Si le gouvernement ne cédait pas, il ne faudrait pas longtemps pour qu'éclatât une guerre civile. Le bras de fer avec les gouvernants était risqué. C'était pourtant la seule chance de changer les choses. Smog souhaitait un dénouement démocratique et espérait la démission du Président et l'annonce d'élections anticipées. Il y avait une sortie honorable possible. Smog voulait y croire.

Il ferma le volet afin de ne pas être vu depuis la rue. Offalia et lui suivirent toute la scène par les claires-voies. La fusillade dura à peine deux minutes. Une partie de la bande réussit à s'enfuir. Cinq personnes s'écroulèrent avant d'avoir franchi la rue. La police embarqua les autres. Smog attendit un peu. Puis, il sortit et alla examiner chacun des hommes à terre.

Un seul respirait encore. Faiblement. C'était un jeune homme d'une vingtaine d'années. Smog le traîna jusqu'au seuil. Offalia l'aida à le transporter jusqu'à la salle d'opération. Il avait été touché à la poitrine. Le scanner révéla que la balle s'était logée près du cœur, sans endommager les artères et les veines principales. Le blessé avait perdu beaucoup de sang et Smog n'avait pas la possibilité de le transfuser. Il hésitait. L'image du visage de la petite fille qu'il n'avait pu sauver au printemps dernier traversa ses pensées. Il essaya en vain de joindre son ami Kitton, et se décida à tenter l'opération avec l'aide d'Offalia. Il parvint à extraire la balle et à stopper l'hémorragie. Restait à cacher le jeune homme le temps de sa convalescence. La ferme du Prains était l'endroit le plus sûr. Ils transportèrent le jeune pilleur jusque sur le toit où était garé l'aérosolo et l'installèrent à l'arrière.

Il était près de deux heures du matin quand ils atterrirent dans la cour du Prains. Ils durent tambouriner quelques minutes avant qu'une lumière s'allumât au premier étage. Enfin, Fraider ouvrit la porte et passa une tête.

— C'est vous ? Un problème ?

— Nous avons un convalescent en piteux état sur les bras, répondit Smog en montrant le jeune homme allongé dans l'aérosolo.

— Qui est-ce ?

— Un pilleur, je pense. Les flics en ont abattu quatre devant chez nous. Lui a bien failli y passer aussi... Je viens de l'opérer. Il a une chance de s'en tirer, mais chez nous, il serait en danger. Les flics vont revenir récupérer les corps. S'ils ont compté, ils vont chercher celui qui leur manque. Tu peux le garder là, le temps qu'il faut ?

— Je peux le garder là, bien sûr, affirma Fraider Rick, mais tu devras venir chaque jour pour les soins. Au moins au début...

— C'est évident.

Ils transportèrent le jeune homme dans une chambre du second étage.

— Je vais rester là cette nuit pour le veiller, dit Smog, on a soixante-douze heures très critiques devant nous. S'il les passe, je considérerai qu'il est quasi tiré d'affaire.

À l'étage en dessous, la sonnerie du téléphone retentit.

— À cette heure, je n'aime pas ça, dit Fraider en se précipitant.

Déjà la sonnerie s'était interrompue.

Ils entendirent les pas de Virgilia dans le couloir. Elle entra dans la chambre, marqua son étonnement en voyant le jeune homme sur le lit.

— Jode Rodelle, murmura-t-elle en masquant le combiné avec la paume de sa main.

— Jode Rodelle ? répéta Fraider.

Et soudain, il comprit. L'avion ! Le cahier ! Le numéro de téléphone.

— Ce doit être le petit frère de notre petite voleuse, acquiesça Virgilia, il dit qu'il faut aller le chercher avec sa petite sœur. Il ne sait pas où il est exactement.

— Essaie de savoir..., on peut peut-être aller les récupérer avec l'aérosolo de Smog.

Elle appuya sur la touche haut-parleur et plaça le combiné sur son oreille.

— Tu peux me dire si tu es dans la campagne ou bi...

— Dans la ville qui est au-dessus de l'égout, fit la voix de Jode, je suis caché avec Moïsa sous un arbre qui s'appelle « saule pleureur ». C'est dans un jardin. Il y a un petit portail qu'on pousse et qui se referme tout seul.

— Je vais te passer quelqu'un qui connaît la ville, tu peux lui faire confiance, annonça Virgilia d'une voix douce.

— Bonjour, Jode, dit Smog, peux-tu me dire ce que tu as vu en allant jusqu'au jardin ?

— Beaucoup de poubelles.

— Es-tu passé devant une station de métro ?

— Il y en a une devant la porte du jardin. C'était écrit « Démocratie » au-dessus.

— Je sais où tu es. Ne bouge pas, surtout. Tu as choisi une bonne cachette. Virgilia Rick et moi, nous allons venir te chercher. Nous sommes en aérosolo, nous serons là dans une demi-heure.

— J'ai l'heure sur le téléphone, informa Jode, il faut apporter un biberon pour Moïsa, elle va sûrement vouloir manger, bientôt.

— Entendu ! À tout de suite. Si tu as le moindre souci, rappelle à ce numéro, nous emportons le téléphone avec nous.

Smog raccrocha.

— Il m'a l'air dégourdi, ce gosse...

— Tes consignes pour le blessé ? s'enquit Offalia.

— Rester à ses côtés au cas où il se réveillerait et éviter qu'il s'agite, nous ne serons pas longs. Une petite heure...

# 33

Un brouhaha inhabituel accueillit Irielle et Chalaya dans le couloir qui menait au self. Cinq surveillantes étaient postées devant la porte. Elles n'intervenaient pas. C'était surprenant, car habituellement, elles exigeaient le calme et étaient intransigeantes à propos de la discipline. Irielle et Chalaya essayèrent de remonter la file d'attente afin de savoir ce qui se passait. Elles se cognèrent à Janina qui empoigna Irielle par le bras pour l'arrêter.

— Alors, le génie, t'crois que t'vas trouver à bouffer parce qu't'es une crack de DFPU ?

— C'est quoi, ce bazar ? questionna Irielle en ignorant la provocation et en dégageant son bras d'un geste vif.

— Y sont en grève. Y aura que des sandwichs à midi, informa une fille qui était dans sa classe.

— En grève ? C'est quoi, ça ? interrogea Chalaya.

— Ça veut dire qu'y nous font pas à manger, répondit Janina d'un petit ton narquois.

— À la place, on prend un sandwich et on va le

manger dans la cour, précisa une fille d'une dizaine d'années.

Peu à peu, la file avança. Chalaya et Irielle réussirent à attraper chacune un demi-pain dans lequel avait été glissée une tranche de jambon.

— Frugal, commenta Irielle.

— C'est quoi exactement, « la grève » ? demanda Chalaya.

— C'est quand des ouvriers ou des employés décident d'arrêter de travailler pour tout un tas de raisons... Généralement parce qu'ils sont mal payés, expliqua Irielle.

Et tandis que Chalaya hochait de la tête pour montrer qu'elle avait compris, Irielle ajouta, si faiblement qu'elle ne fut pas entendue par sa camarade de dortoir :

— En panne, comme dirait Jode...

— Et ça marche ?

— Quoi ?

— La grève ? Ils sont mieux payés après ?

— Je ne sais pas. Parfois, ça dure des semaines.

— J'espère qu'y vont vite les payer, pas envie de bouffer des sandwichs pendant des semaines.

L'après-midi, la discipline en classe fut moins stricte qu'elle ne l'était habituellement. En Étude de la structure de la langue, madame Nicaulat, ordinairement pétillante et enjouée, paraissait soucieuse, et le professeur de géographie oublia le contrôle hebdomadaire des connaissances.

— Tu les as trouvés bizarres, tes profs, aujourd'hui ?

demanda Irielle en rejoignant Chalaya dans la cour un peu avant le repas du soir.

— Y en avait deux d'absents, déjà. Et en maths, il a pas changé. Mais moi, les choses bizarres, j'crois que j'les vois pas, ici. J'ai trop vécu dans les égouts. J'arrive pas à savoir ce qui est normal ou pas, en surface.

Elle fixa Irielle de son regard perçant et suggéra :

— On ferait mieux d'aller tout de suite au self, s'il doit y avoir une nouvelle distribution de sandwichs, j'préfère être dans les premières, cette fois.

— J'espère que la grève ne durera pas, impossible de communiquer avec Nolane si on ne se sert plus des couverts.

Devant la porte du couloir qui menait au self se trouvaient cinq surveillantes.

— Pas de repas, annonça l'une d'elles.

— Pas de repas ?

— Le personnel de cuisine et de réfectoire est en grève.

— Pourtant, à midi...

— À midi, l'équipe d'encadrement avait organisé la fabrication et la distribution de sandwichs.

— Et pourquoi pas ce soir ?

— Les grévistes nous empêchent d'entrer dans l'établissement avec les ingrédients.

— On mange pas c'soir, alors ? s'offusqua Chalaya.

— Nous ne savons pas encore comment cela va s'organiser, ce soir.

— Si ! On sait ! Pourquoi vous ne le leur dites pas ? s'insurgea une surveillante qui était un peu plus jeune que les autres et qui s'était tenue en retrait jusque-là. Il n'y aura pas de repas ce soir, et sûrement rien non plus demain. Il y a une grève générale dans tout le pays.

— Tais-toi, l'arrêta une autre.

— Une grève générale dans tout le pays ? s'étonna une fille de la classe d'Irielle.

— Pourquoi on leur dirait rien ? Ça a trop duré maintenant !

— Quoi ?

— Qu'est-ce qui a trop duré ?

— C'est quoi, cette grève générale dans tout le pays ?

Le mécontentement montait. Un brouhaha suivit. Chacune, adulte et adolescente, y allait de sa question, de son commentaire. Petit à petit, la plupart des pensionnaires s'amassèrent devant l'entrée du self.

— Sérieusement, y se passe quoi ? demanda Chalaya.

— On ne sait pas exactement. La grève a commencé dans quelques entreprises et s'est étendue très lentement à tous les secteurs d'activités. Le pays est bloqué. Depuis une semaine, il n'y a plus d'électricité dans certains quartiers et, depuis hier, certains téléphones ne fonctionnent plus, continua la jeune surveillante.

— Tu n'as pas à leur dire ça ! gronda une de ses collègues.

— Non ? Alors, salut ! Je me mets en grève, moi aussi !

Elle ouvrit la porte qui menait au self et la claqua bien fort derrière elle. Aussitôt, une vague remua la foule des pensionnaires et poussa en direction du self.

Les quatre adultes restantes s'efforcèrent de repousser les élèves. Mais la pression était trop forte. Elles durent renoncer et s'enfuirent vers le réfectoire. La foule s'engouffra derrière elles et les filles commencèrent à tout casser dans le self et le réfectoire.

Irielle rattrapa Chalaya qui s'était jetée dans la cohue en poussant des cris de souris.

— C'est le moment, lui chuchota-t-elle à l'oreille, si on ne sort pas aujourd'hui, on ne sortira plus.

Irielle espérait convaincre Chalaya de la suivre jusqu'au bâtiment Petite Enfance. Elle avait besoin de son aide pour retrouver Jode et Moïsa.

Les adultes étaient revenus en nombre pour tenter d'arrêter la folie des pensionnaires. Il fallait se hâter.

Brusquement, de l'autre côté du self, les portes cédèrent et les garçons déboulèrent en renfort.

— Nolane ! souffla Irielle en se mettant à sa recherche.

La masse des élèves pris dans la mêlée était telle qu'il lui parut vite impossible de le retrouver. Elle grimpa sur une table encore en place, et hurla :

— Nolane !

Cependant, les surveillants du pensionnat des garçons arrivaient à la rescousse. Irielle fut bousculée et dut se résoudre à quitter son perchoir. C'était Chalaya maintenant qui la tirait par la manche.

— Laisse tomber. Sauve-toi ! Il fera pareil, vous vous retrouverez dehors.

Chalaya tirait Irielle à travers le réfectoire. Irielle résistait en regardant derrière elle et en continuant à appeler Nolane dans l'espoir que ce dernier finirait par l'entendre. Soudain un doute la traversa. Nolane détestait la bagarre ! Tel qu'elle le connaissait, il devait se tenir à l'écart. Elle échappa à la poigne de Chalaya et se rua dans le couloir du self, côté garçons. Elle le remonta en courant. Derrière elle, elle entendait résonner des pas. Chalaya avait dû se lancer à sa poursuite ! Elle l'entendait qui la rattrapait. Elle sentit une main lui saisir le bas de sa veste. Elle s'arrêta et se retourna vivement, la main prête pour une gifle détonante.

— Nolane ! s'écria-t-elle en arrêtant son geste à temps.

— Qu'est-ce que tu fiches ? Faut se tirer d'là, tout de suite ! lança ce dernier.

— Nolane ! répéta Irielle.

C'était si étrange de le voir là devant elle, après toutes ces semaines à l'espérer.

— T'étais où ?

— Dans la bagarre ! Et toi, qu'est-ce que tu vas faire chez les garçons ?

— J'allais te chercher !

— Je suis là, dit-il avec un sourire radieux.

— Suis-moi !

Elle lui prit la main et l'entraîna dans la direction d'où ils étaient venus.

Dans les réfectoires, c'était toujours la bataille rangée. Ils rallièrent le couloir du self des filles et sortirent dans la cour.

— Où vas-tu ? s'époumona Nolane.

— Moïsa ! Jode ! Je sais où ils sont. Viens !

De l'autre côté du parc, Irielle montra à Nolane le bâtiment des petits. Ils escaladèrent la grille intérieure et s'approchèrent. Par acquit de conscience, Nolane essaya d'ouvrir la porte d'entrée. Fermée.

Ils firent le tour du bâtiment. Les fenêtres du rez-de-chaussée n'étaient pas très hautes. Ils choisirent celle qui était la plus éloignée de l'entrée. Nolane fit la courte échelle et aida Irielle à grimper sur le rebord. Irielle se déchaussa et balança sa chaussure sur la vitre. Le fracas des éclats de verre tombant sur le sol résonna fort. D'un bond, Irielle rejoignit Nolane et ils coururent se cacher dans un coin obscur. Rien ne bougea. Ils attendirent avant d'entrer dans le bâtiment. Tout était calme. Ils déambulèrent sans croiser personne avant de trouver l'étage des dortoirs. Nolane fit le guet dans le couloir tandis qu'Irielle jetait un œil à l'intérieur de chacun d'eux, cherchant Jode.

— C'est bien le secteur des garçons, annonça-t-elle à voix chuchotée en revenant du premier dortoir. Si la répartition est faite par classe d'âge comme pour nous, Jode ne doit pas être là. Ils ont deux, trois ans, ici, pas plus. Le suivant probablement.

Dans le second dortoir, l'intuition d'Irielle fut confirmée. Les enfants devaient avoir entre quatre et six ans. Elle inspecta chaque lit, mais ne trouva pas Jode. Doucement, elle réveilla le petit garçon qui dormait dans le lit le plus proche de l'entrée. Il mit un long moment à émerger et à comprendre qui elle était et ce qu'elle lui demandait.

— Oui, je le connaissais, Jode. C'est celui qui parlait

jamais et qui allait tout le temps voir sa petite sœur à la pouponnière. Il est plus ici !

— Tu sais où il est ?

— Non. Il a disparu, en tout cas.

— Il y a longtemps ?

— Je sais pas.

— Tu saurais me dire depuis combien de nuits il n'est plus là ?

— Beaucoup, je crois.

— Tu peux me raconter exactement comment vous avez vu qu'il n'était plus là ?

— Dans son lit, y avait Bokni et dans le lit de Bokni, il y avait un oreiller. Le surveillant qui est gentil a dit : « Merde ! Y s'est tiré ! » Et un autre surveillant, qui est gentil aussi et que j'aime mieux moi, a dit : « La pouponnière ! » Et après, Jode était toujours pas là et je sais pas où il est. Tu crois qu'il est mort ?

— Non, non... Ne t'inquiète pas pour lui et merci de m'avoir raconté tout cela, dit Irielle en le recouchant et en lui caressant les cheveux, rendors-toi. Au revoir.

Dans le couloir, elle trouva Nolane aux prises avec un adulte.

— Pour la dernière fois, aboyait ce dernier, peux-tu me dire ce que tu fais... Ah ! Vous êtes deux ! tonna-t-il en découvrant Irielle, que fais-tu là, toi aussi ?

Cette dernière n'eut pas le temps de répondre. Le surveillant s'effondra. Irielle vit Nolane l'attraper sous les bras, accompagner sa chute et l'allonger par terre.

— Que s'est-il passé ? interrogea Irielle.

— Je l'ai un peu assommé. Juste le temps de filer.

Et comme le visage d'Irielle se plissait en une mimique désapprobatrice, il tâcha d'atténuer la portée de son geste :

— On n'avait pas le choix. On doit avoir du temps pour chercher Jode et Moïsa. Tout va bien, je t'assure, je n'ai pas tapé fort.

Déjà, l'homme grommelait.

— Vite, s'écria Irielle en poussant Nolane vers la sortie.

Ils coururent jusqu'à la fenêtre, sautèrent dans la cour et filèrent.

— Alors ? s'enquit Nolane lorsqu'ils atteignirent le bâtiment du self.

— Jode s'est fait la malle, je pense. Filons, maintenant.

— Et Moïsa ?

— Jode l'a emmenée avec lui.

— Tu es sûre ?

— Je ne suis pas allée vérifier, mais...

Irielle n'eut pas le temps de terminer, Nolane avait déjà fait demi-tour. De nouveau, ils escaladèrent la fenêtre et foncèrent vers la pouponnière. Ils inspectèrent chaque berceau et ne trouvèrent pas Moïsa.

— Il est parti avec elle, affirma Irielle, Jode ne l'aurait jamais laissée là. Je le sais.

Ils ressortirent du bâtiment, franchirent la grille de la cour, se jetèrent à terre, car des surveillants couraient en direction du bâtiment des petits. L'homme que Nolane avait frappé avait dû donner l'alerte.

— Tu as une idée pour s'évacuer d'ici ? s'inquiéta Nolane.

— Cuisine ! lança Irielle en se ruant vers le self.

Dans les réfectoires, la bataille continuait. Ils traversèrent la cohue et se précipitèrent dans la cuisine. C'était un lieu assez vaste. Nolane remarqua l'ordre et la propreté qui régnaient là. Irielle vit tout de suite la porte « Service livraisons ». Trois verrous à tige. Ils eurent tôt fait de les tirer.

Ils se retrouvèrent dans la rue.

D'abord l'odeur insupportable des ordures qui pourrissaient, entassées le long de la rue. Impossible de ne pas l'associer avec l'image des tunnels. Irielle frissonna de dégoût et, d'un coup, la peur resurgit.

Ensuite, la nuit sombre seulement éclairée par le halo blanc de la lune en son dernier quartier.

Enfin, au loin la clameur d'une foule. Ils se regardèrent. Ils hésitaient. Aller dans cette direction ou fuir à l'opposé ? Ils n'eurent guère le temps de la réflexion. Déjà, les premiers manifestants arrivaient à leur hauteur. Ils couraient en jetant des regards inquiets derrière eux.

— Ne restez pas là, les jeunes ! leur cria une femme en passant à leur hauteur.

— Les flics, continua un homme, faut se cacher...

Irielle et Nolane suivirent le flux des manifestants. Bientôt, certains se mirent à rebrousser chemin. Puis, tous retournèrent sur leurs pas. Certains annonçaient que la police était en train de les encercler. Irielle et Nolane suivaient comme ils pouvaient. Ils finirent par déboucher sur une place immense au milieu du cortège qui s'épaississait. Une lumière blanche jaillit depuis les bords extérieurs de la place. Les policiers braquaient les projecteurs sur les rebelles. Irielle ne reconnut pas les lieux.

— On ne va tout de même pas se refaire prendre, gémit-elle, il faut trouver un moyen de se dégager de ce piège.

Un mouvement repoussa tout le monde vers le centre de la place.

— Je connais cet endroit, dit Nolane, je sais comment on pourrait en sortir...

— Les égouts, comprit Irielle.

— C'est le seul moyen. Les flics barrent chacune des rues qui permettraient de se tirer d'ici. On ne peut pas faire autrement, Irielle ! On utilise les égouts pour pouvoir circuler sans se faire prendre par les flics. On n'y restera pas ! plaida Nolane.

— Et les hordes ?

— On fera gaffe. Sans les enfants, ce sera plus simple. Et je suis prêt à parier que la plupart des enfants-rats sont dans les rues, ce soir.

— Tu connais une entrée par là ?

— J'en connais trois sur cette place.

— La police ou les hordes, fulmina Irielle.

— Y aura pas de horde, prédit Nolane, par contre, si on se fait reprendre, on n'aura pas une seconde fois la chance de s'évader du pensionnat.

— Tu penses que c'est vraiment la seule solution, s'enfuir par les égouts ?

— Ça ne me plaît pas plus que toi, mais ici, on risque d'être pris ou bien d'être tués s'ils se mettent à nous tirer dessus. Pense à Jode et Moïsa.

— Je ne fais que ça depuis un mois et demi !

— Alors, allons-y ! Nous ne sommes que tous les deux, répéta-t-il, tu t'es fait prendre par les enfants-rats à cause de Moïsa la dernière fois... On n'est que tous les deux. On devrait s'en tirer. Pour une fois que les égouts sont une chance pour nous !

Elle lui faisait face et ne le quittait pas des yeux. Elle ne disait rien. Elle savait qu'il avait raison, mais elle avait du mal à se décider. La peur était revenue avec la même intensité qu'autrefois.

— D'accord, approuva-t-elle finalement, si tu parviens à rejoindre l'endroit où... on s'est rencontrés, je saurai le chemin pour retourner à Viels.

Elle s'approcha lentement de lui et posa sa tête contre sa poitrine. Nolane referma ses bras sur elle.

Une explosion retentit du côté sud de la place. Une épaisse fumée apparut, provoquant un mouvement de panique dans la foule. Nolane saisit la main d'Irielle et l'entraîna.

# 34

Jode et Moïsa vivaient depuis deux semaines au Prains. Ils étaient choyés par Fraider et Virgilia Rick. Jode se sentait autant en sécurité que s'il avait été dans la cache-avion. Mais l'absence de ses petits parents le préoccupait. D'après Fraider et Smog, Irielle et Nolane avaient dû être placés, eux aussi, dans un pensionnat, et il ne serait pas aisé de les en faire sortir. Smog s'était renseigné et avait appris que les pensionnats pour adolescents n'étaient pas mixtes. Irielle et Nolane ne se trouvaient donc pas ensemble. Jode était persuadé qu'Irielle s'enfuirait. Il savait qu'elle ne les laisserait pas finir de grandir sans elle, Moïsa et lui. Il en parlait tous les jours avec Virgilia et Fraider, et tous les jours il les interrogeait pour savoir si Irielle avait une chance d'arriver jusqu'à eux. Afin de ne pas le rendre plus triste, ils répondaient qu'il existait une petite chance qu'Irielle les retrouvât.

— Nolane aussi ! ponctuait Jode.

— C'est la même chose pour chacun d'eux, accordaient les propriétaires de la ferme du Prains.

— Vous croyez qu'elle peut venir aujourd'hui? tenait à faire préciser Jode.

— Nous ne savons pas... Nous ne pouvons rien prévoir... Pourquoi pas?

— Oui! On la verra arriver, un jour! prédisait Jode, et Nolane sera avec elle, si ça se trouve.

— Probablement, accordait encore Fraider ou Virgilia.

Jode cultivait cet espoir avec la certitude naïve de ses six ans et cela lui permettait de vivre avec la tristesse de l'absence.

À la ferme, son emploi du temps quotidien n'était pas contraignant. Les matinées étaient consacrées à l'étude. Il employait les après-midi à jouer avec Moïsa ou à espionner les nombreux adultes qui fréquentaient les lieux. Car il se passait tout un tas de choses passionnantes dans cette ferme. Des décisions s'y prenaient qui concernaient la Zone Riche. Jode suivait les événements au hasard des allées et venues de Smog et de celles d'autres adultes dont il avait fini par apprendre les noms. Il glanait des informations pendant leurs réunions. Le plafond de la salle à manger où se tenaient les rencontres des responsables de l'Organisation correspondait au plancher de la chambre de Moïsa. Quand Virgilia n'était pas là, ou bien quand elle participait à la réunion, Jode allait coller son oreille sur le parquet en chêne et ne perdait pas une miette de la discussion.

Il y avait aussi ce jeune homme, reclus dans une des chambres, au second étage. Jode avait tout de suite su que quelqu'un se cachait dans la maison. Il avait suffi qu'on lui interdît l'accès du second étage ! Un matin, très tôt, alors que Virgilia et Fraider étaient avec les vaches, il était allé faire un tour là-haut. La porte n'était pas fermée à clef. Il avait tourné doucement la poignée et, dans l'entrebâillement, il avait vu un jeune homme endormi sur un lit.

Un après-midi des derniers jours d'octobre, Jode profitait de l'éclaircie pour promener sa petite sœur dans la cour. Elle était dans ses bras. Il la tenait face à lui. Visage contre visage. Moïsa le dévorait des yeux, écoutant avec une expression appliquée tout ce qu'il lui disait.

— C'est la guerre des pauvres, je crois bien. Tu es assez grande pour savoir ça, maintenant. N'aie pas peur. C'est dans les villes. Et c'est Smog, le chef. Virgilia et Fraider ne savent pas que j'ai compris ça... Chut, hein !

Moïsa saisit l'oreille de son frère et tira dessus. Jode attrapa la petite main et la secoua gentiment.

— J'espère qu'Irielle est au courant pour la guerre des pauvres, continua-t-il, elle était sûre que ça arriverait un jour. Elle serait si contente !... Tu sais pour le jeune là-haut, je finirai bien par savoir qui c'est ! Pour l'instant, on sait déjà que c'est un garçon. Plus grand que Nolane.

— Aaaa Baaa Rreuuuuuu ! ponctua Moïsa.

— Tu vas bientôt parler, toi aussi, lui dit Jode avec tendresse, fais voir ton sourire ? ajouta-t-il en fourrageant avec le bout de son nez dans le cou de l'enfant.

Aussitôt, Moïsa éclata de rire. Et Jode éclata de rire à son tour. Le rire de Moïsa était la seule chose qui pouvait l'enchanter de la sorte.

Moïsa commençait à peser. Il alla chercher dans la remise la poussette d'enfant que Virgilia avait ressortie de son grenier et y déposa délicatement sa petite sœur.

— On va aller voir les vaches dans...

Le bruit d'un aérosolo se posant dans la cour l'arrêta.

— Smog ! s'exclama-t-il.

Smog était seul. Il avait l'air préoccupé et il ne remarqua pas les deux enfants. Il se dirigea vers la maison. Jode reprit sa petite sœur dans les bras et emboîta le pas au chef de l'Organisation. Il ne voulait rien rater de cette nouvelle réunion des adultes !

— On va jouer dans la chambre de Moïsa, dit-il à Virgilia qu'il croisa dans le hall.

— Entendu ! Je vous ferai goûter dès que Smog sera reparti. Je t'ai fait un gâteau au chocolat.

Fraider et Smog s'étaient déjà enfermés dans la salle à manger. Jode se hâta. Ce faisant, il prit garde de ne pas trop se précipiter dans l'escalier, ce qui n'aurait pas manqué d'alerter Virgilia, et il rejoignit sans bruit son poste d'observation dans la chambre de Moïsa. Il installa la petite fille sur son tapis de jeu.

— Pas un bruit, implora-t-il en mettant un doigt sur sa bouche.

Moïsa écarquilla les yeux et agita les mains.

— Chut, continua Jode, c'est très important. On va peut-être savoir des choses sur Irielle et Nolane.

L'enfant attrapa une petite girafe en plastique et la porta à sa bouche sans quitter son frère du regard.

— C'est bien, l'encouragea Jode.

Il s'étendit et colla son oreille contre le plancher.

Dans la salle à manger, Smog parlait.

— Tous les enfants-rats qui étaient dans des pensionnats se sont enfuis, les événements s'emballent...

Smog fit un bref bilan de la situation. La capitale croulait sous les ordures. Les pilleurs et les grévistes vidaient les magasins et les entrepôts. Les premiers parce qu'ils n'avaient jamais eu de conditions si idéales, les seconds parce qu'il fallait désormais survivre et nourrir les familles. Des alliances se nouaient entre ces deux groupes.

Les autres villes du pays avaient quelques jours de retard sur la capitale, néanmoins le mouvement était lancé. La police était sur les dents. Ils ne se contentaient plus de balancer des gaz paralysants sur les manifestants. Ils tiraient sans sommation sur la population.

— Un président absent. Un gouvernement désemparé. Tous les secteurs de l'économie en panne..., résuma-t-il.

— On n'a plus d'électricité ici, depuis ce matin. Par contre on a toujours le téléphone.

— Les centraux périphériques n'ont pas été atteints pour le moment... Cela ne saurait tarder...

— Est-ce que les enfants-rats qui étaient encore dans les égouts en sont sortis ? s'enquit Fraider.

— On a du mal à savoir. Ils en sortent pour participer aux pillages, mais s'empressent d'y revenir ensuite.

Et une chose m'inquiète : ceux qui sortent des pensionnats ont tendance à retourner dans les égouts. C'est pour cela que je suis là !

— Ils vont là où ils ont vécu, fit remarquer Fraider.

— Oui. Et ce n'est sûrement pas ce que nous voulions pour eux !... En fait, j'ai eu une idée concernant notre jeune convalescent, là-haut.

— Ah ? releva Fraider avec curiosité.

— Il peut nous apporter une aide précieuse. La plupart des pilleurs ont été des enfants-rats. Je pense qu'il vient des égouts, lui aussi.

— Il est plutôt discret sur son histoire...

— On ne l'a pas embêté avec ça non plus ! objecta Smog.

— Depuis qu'il est sorti du coma, ta consigne a été de le soigner et de le remplumer sans lui poser de questions. Déontologie des médecins !

— Maintenant, il est tout à fait guéri et, si j'ai raison, il peut...

— Tu veux l'envoyer dans les égouts ! comprit soudain Fraider.

— Oui, il pourrait convaincre les enfants-rats d'en sortir définitivement.

— Lui tout seul ?

— Non. Nous allons créer une équipe et il pourrait peut-être la piloter... Il est temps de faire les présentations.

— Je crois qu'il sera d'accord avec toi sur ce point, il nous a enfin dit son nom ce matin.

— Alors ?

— Il dit qu'il ne sait plus son nom de famille et qu'il n'a plus qu'un prénom, précisa Fraider.

— C'est bien ce que je pensais, il a vécu dans les égouts. La plupart des enfants-rats que nous avons réussi à récupérer ne se souviennent pas de leur nom de famille. Comment se prénomme-t-il ?

— Atlane.

# 35

De nouveau les égouts. L'odeur. La peur. La marche vigilante dans le silence. Un silence vidé de ses bruits. Sans vrombissement de métro. Seulement le bruit de l'eau. Le silence qui amplifiait la terreur. Irielle suivait Nolane et tentait de résister à l'affolement intérieur. À chaque instant, il lui semblait qu'un malheur allait éclater, là, devant. Elle aurait voulu pouvoir hurler pour expulser l'angoisse.

Ils avaient remonté vers le nord. Bientôt, ce serait la bifurcation pour Viels. Ils arrivaient là où Irielle, Jode et Moïsa avaient été agressés par la horde. Nolane ralentit et attendit qu'Irielle fût à sa hauteur. Il lui prit la main et la garda serrée dans la sienne. Ils pressèrent le pas et marchèrent main dans la main jusqu'à la sortie où ils firent une courte pause. Ils n'avaient croisé personne et n'avaient entendu aucun bruit humain ; Irielle parvint à se détendre un peu.

Le jour n'était pas levé lorsqu'ils quittèrent le tunnel. L'obscurité était presque totale. Un nuage ternissait le mince croissant de lune et la station d'épuration n'était pas éclairée.

— La grève, murmura Irielle.

Elle passa devant et guida Nolane. Elle connaissait le chemin. Elle l'avait emprunté tant de fois pour rentrer chez elle, à la cache-avion ! Ils traversèrent l'aire du premier bassin de décantation et se dirigèrent vers le mur qu'il fallait franchir pour atteindre le premier champ. Perçant la nuit, un rire gras retentit derrière eux. Instinctivement, ils s'accroupirent devant le mur.

— On v' z' a vus ! railla une voix que Nolane reconnut immédiatement.

— Yentlane, souffla-t-il.

— J'avais deviné, gémit Irielle.

— À mon avis, il ne nous a pas identifiés... Pas le choix, faut passer le mur. Ensuite, on court chacun de son côté. Rendez-vous dans l'étable du Prains.

— On sait où v'z'êtes ! On va aller v' chercher si v'venez pas tout seuls. On est trop forts pour vous !

— On y va ! lança Nolane à voix basse.

Irielle s'élança et se retrouva de l'autre côté du mur sans avoir eu conscience des gestes qu'elle avait accomplis.

— Cours ! enjoignit la voix feutrée de Nolane.

Rassurée de savoir qu'il était passé aussi, elle se mit à courir. Elle se dirigea vers les arbres et plongea sous le saule pleureur. Un cri rauque retentit au loin, suivi d'une série de sons gutturaux qu'Irielle interpréta sans mal. Ils avaient attrapé Nolane ! Il avait dû délibérément et ostensiblement partir dans la direction opposée à la sienne afin de la protéger. Et ils l'avaient pris. Elle écarta le feuillage et aperçut les ombres rassemblées en cercle à une centaine de mètres. Elle se rapprocha lentement et avec prudence. Les membres de la horde étaient trop absorbés par ce qui se passait au centre du cercle pour l'apercevoir.

— Nolane ? disait la voix goguenarde de Yentlane, j't'croyais pris par les flics.

— J'tais pris.

— Pourquoi t'es là ?

— J'm'évadais.

— T'nous cherchais ? C'qui avec toi ?

— Quelqu'un.

— Une fille ?

Nolane hésita.

— Ah ouais ! L'est bonne ? enchaîna Yentlane qui avait aisément traduit l'hésitation de son frère.

— J'sais pas.

— Comment ça, t'sais pas ! T'la niques pas ?

— Non, affirma Nolane d'une voix claire.

— Ça ! T'la niques pas ? s'écria Yentlane, stupéfait. Hé ! Donne-la, j'vais l'faire, moi !

Et toute la horde se mit à rire.

— Non, répéta Nolane avec fermeté.

— J'su ton chef.

— Plus maint'nant, assura Nolane.

— Non ?

— Non.

— Prenez-le ! beugla Yentlane.

— Bats-toi avec moi plutôt, et on verra qui sera le chef, riposta Nolane avant que la horde eût bougé.

Personne ne broncha. La situation de Nolane n'était pas meilleure pour autant. Lancer le défi avait été le seul moyen d'éviter une mort immédiate. Maintenant, il allait devoir se battre contre son frère. Yentlane ne refuserait pas le défi.

Nolane évalua ses possibilités de fuite. Les membres de la horde le cernaient. Aucune alternative au duel. Soudain, sans que Nolane eût le temps de réagir, Yentlane lui fonça dessus et le frappa de ses deux poings à la poitrine. Nolane chancela, mais se reprit immédiatement. Il chargea tête baissée dans le ventre de son frère qui roula sur le sol. Sans lui laisser le temps de se relever, il lui sauta dessus et l'immobilisa.

— Dis-leur que je suis le chef, ordonna-t-il.

— T'd'vras m'tuer pour ça, cracha Yentlane, et t'es trop lopette, pas vrai !

La discussion n'était pas possible avec Yentlane. Nolane le savait. S'il ne le tuait pas, lui le tuerait.

Irielle s'était accroupie derrière un buisson de ronces à une dizaine de mètres de la scène. Elle était tétanisée. Elle aussi savait ce que devrait faire Nolane s'il voulait en réchapper. Tuer ou être tué. Les hordes ne connaissaient pas d'autre loi que celle-là. Elle savait aussi que Nolane était capable de se faire tuer pour ne pas tuer son frère. Elle cherchait désespérément comment l'aider. Crier « Police ! », comme l'avait fait Nolane lorsque la horde les avait agressés, elle et les enfants quelques mois auparavant ? Il faisait encore suffisamment noir. Elle décida de tenter sa chance. Elle se leva d'un bond.

— Police ! hurla-t-elle d'une voix qu'elle ne se connaissait pas.

La horde se dispersa en un éclair, mais Irielle était restée debout et, dans leur fuite, deux gars tombèrent nez à nez avec elle.

— La fille ! crièrent-ils.

Aussitôt, les membres de la horde firent demi-tour et revinrent. Les deux gars saisirent Irielle et l'amenèrent au centre du cercle qui s'était reformé autour de Nolane qui n'avait pas bougé. Il était toujours assis à califourchon sur son frère qu'il maintenait fermement au sol. Il lança un regard terrifié à Irielle.

— La v'là ! persifla Yentlane qui avait surpris le regard de Nolane, s'tu m'tues pas, j'vais la tringler comme y faut, en souv'nir d'ton cadavre.

Un rire secoua la horde. Puis, le silence tomba. Nolane tenait solidement son frère. Ce dernier ne parvenait pas à se dégager. Il ne cessait de ricaner de manière salace.

Une lueur laiteuse perça le ciel de la nuit, à l'est.

Nolane regarda Irielle. Les deux gars la maintenaient par les bras. S'il refusait de combattre plus avant, Nolane mourrait sans être un criminel, certes. Mais il livrerait la personne qui lui était la plus chère au monde à la cruauté de Yentlane et la laisserait à la merci de la vilenie de la horde. Il priverait Jode et Moïsa de leur petite maman et de leur petit papa. Il laisserait la horde sous le joug de Yentlane qui continuerait de faire régner la terreur.

Nolane posa ses yeux sur Yentlane qui avait cessé de se débattre. Il le sentait qui rassemblait ses forces. Alors, il lui lâcha les bras et, sans lui laisser le temps d'esquisser le moindre geste, il abattit ses deux poings enlacés sur son crâne. Yentlane fut agité d'un soubresaut et ne bougea plus. Un long silence suivit.

— Il est mort ? demanda enfin une fille.

Nolane ne répondit pas. Il ne pouvait détacher ses yeux du corps de son frère.

Un des gars qui tenait Irielle s'avança vers Nolane.

— C'toi l'chef, maint'nant.

Le second gars poussa Irielle vers Nolane qui se relevait.

— C'ta favorite. On'lu'a rien fait.

Irielle se rapprocha de Nolane.

— On est vivants, souffla-t-elle d'une voix blanche en glissant sa main dans la main de Nolane.

— On était à un quart d'heure de la ferme..., dit Nolane sur le même ton.

— Dis-leur quelque chose, chuchota encore Irielle, sinon ils vont nous massacrer.

— J'su vot'e chef ! lança Nolane en levant la tête, et Irielle sera ma favorite. J'tuerai ç'ui qui la touche.

De la horde monta un grognement d'approbation. Les enfants-rats reculèrent et le cercle qu'ils formaient s'élargit. Yentlane gisait au centre. Debout devant lui se tenaient Nolane et Irielle.

— On fait quoi, maint'nant ? demanda quelqu'un.

Nolane et Irielle échangèrent un regard. Ils ne pouvaient pas débarquer à la ferme du Prains avec la horde.

C'était trop dangereux pour les habitants de la ferme et pour Jode et Moïsa, si ces derniers avaient réussi à les rejoindre. Nolane répugnait à retourner dans les égouts et il imaginait assez ce qu'il en était pour Irielle. Il serra fort sa main dans la sienne.

— C'tait quoi vot'e dernière planque ? interrogea-t-il à la cantonade.

— La planque Écritures Blanches, informa une voix.

— Balank ? Est-ce que Balank est là ?

— J'su là, déclara un grand gars en sortant du cercle.

— T'es l'chef jusqu'à mon retour. Si j'rev'nais pas, t'serais le chef. Si on doit s'retrouver, c'est à la planque Écritures Blanches. Vous y passez souvent, si j'su là, on's verra... Y a la guerre en surface. Y a pt'êt'e aussi un moyen d'se tirer des égouts. Faut essayer !

— Ç'craint, c'dangereux, la surface, contesta une voix.

— À vous d'voir. Balank, t'laisses partir ceux qui veulent. T'les récupères, s'ils r'viennent. T'les tues pas, exigea Nolane.

— OK ! approuva Balank, et il donna le signal du départ.

La horde se mit aussitôt en route derrière son nouveau chef.

Nolane se baissa, prit le corps de son frère dans ses bras et commença à marcher en direction de la ferme du Prains.

# 36

Irielle allait devant. Nolane avançait de plus en plus lentement. Le corps de Yentlane pesait. Mais Nolane ne voulait pas de l'aide d'Irielle. Il avait tué son frère. Il était obnubilé par cette pensée. Il était le meurtrier de son frère. C'était comme un poison qui coulait dans ses veines. Personne ne pouvait plus rien pour lui. Pas même Irielle.

Ils avaient contourné le chantier de démantèlement et longeaient le bout du domaine. L'avion était là. Ils passèrent, le regardèrent, mais ne parlèrent pas. Enfin, la ferme apparut sous la boule rouge du soleil levant. Irielle creusa un peu la distance, et attendit Nolane pour franchir le portail.

La cour était déserte. Au milieu était posé un aérosolo. Il y avait quelqu'un chez les Rick. Des flics ?

Instinctivement, ils se ruèrent dans la grange. Il leur fallut quelques secondes pour s'habituer à la pénombre. Puis, Nolane posa le corps de Yentlane sur un des bancs qui flanquaient le mur à gauche de l'entrée.

— Je le savais ! s'exclama la voix réjouie de Jode, je le savais qu'un jour vous reviendriez !

Il descendit l'échelle de meunier sur laquelle il était perché.

— Irielle ! s'écria-t-il en sautant dans les bras de sa petite maman.

Irielle referma ses bras sur lui, le serra fort contre elle et ne put rien dire.

— Je le savais qu'un jour vous arriveriez ! Je le savais ! Et je savais que c'était bientôt, à cause de la guerre des pauvres ! Tu es au courant ?

Irielle ne parvenait pas à répondre. L'émotion l'avait engloutie. Elle pleurait. Nolane les rejoignit. Il blottit son visage contre celui de Jode. Jode l'entoura de son bras gauche tandis que son bras droit étreignait les épaules d'Irielle.

— Pourquoi vous êtes venus dans la grange et pas dans la maison ? Vous m'aviez vu ?

— Non, on a vu l'aérosolo, répondit Nolane.

— C'est celui de Smog. C'est un ami de Virgilia et Fraider. Je l'aime bien. Il est venu tôt ce matin. Ils sont partis à pied avec Fraider. Je les attendais. Et lui, ajouta-t-il en désignant le corps de Yentlane, c'est qui ?

— C'est mon frère.

— Il est mort ?

— Oui.

— Oh ! gémit Jode.

— Virgilia et Fraider, c'est... ? questionna Irielle en les entraînant vers la porte de la grange afin d'éloigner Jode.

— C'est les Rick ! Ils sont très gentils, coupa Jode.

— Tu vis chez eux ?

— Oui. Je savais que vous viendriez, répéta Jode, j'en étais sûr. Je le dis tous les jours à Moïsa. On avait appris par cœur le numéro des Rick ! Pas vrai ?

— Moïsa ! Tu l'as bien amenée avec toi !

— Bien sûr. Et je lui parle tout le temps de vous ! Elle vous attend ! Là, elle dort. Elle ne va pas tarder à se réveiller, je crois...

La porte de la maison claqua et Virgilia descendit les trois marches du perron pour aller à la rencontre de Fraider et Smog qui étaient de retour.

— Hé ! Oh ! héla Jode en faisant signe aux adultes, venez ! C'est Irielle et Nolane ! Venez !

Il trépignait d'impatience et ne semblait rien deviner de la tempête intérieure qui hantait l'esprit de sa petite maman et de son petit papa.

— Smog et Virgilia sont venus nous chercher quand on s'est sauvés avec Moïsa, leur raconta-t-il, ils nous ont amenés ici. On est montés dans l'aérosolo et on a volé ! Je peux voler, si je veux. Smog m'emmène, si je lui demande. Mais, je ne lui demande pas souvent, parce qu'il a beaucoup de travail. Comme il est docteur, il doit soigner plein de gens et, aussi, c'est lui le chef de la guerre, chuchota-t-il pour ne pas être entendu des trois adultes qui approchaient.

— Bienvenue chez nous, les accueillit Virgilia, Jode nous a tellement parlé de vous ! Vous faites déjà partie de la famille.

Jode fit les présentations.

Il y eut un grognement et Nolane se précipita vers Yentlane qui avait bougé.

— Qui est-ce ? demanda Fraider.

— Malade ou blessé ? s'inquiéta Smog en même temps.

— On croyait qu'il était mort, informa Irielle.

Nolane fit un rapide récit de ce qui était arrivé. L'espoir s'était emparé de lui lorsque Yentlane avait grogné dans la grange. Son frère était en vie ! Smog était médecin ! Yentlane allait peut-être s'en sortir !

Smog, Fraider et Nolane transportèrent le blessé jusque dans la chambre où avait été hébergé Atlane pendant sa convalescence. Nolane ne voulait pas quitter son frère. Néanmoins, Smog lui demanda de rejoindre les autres afin d'examiner tranquillement ce dernier.

Nolane descendit lentement l'escalier. Un voile obstruait son esprit. Il aurait tant voulu rester là-haut. Ne pas quitter Yentlane. Mourir avec lui, peut-être.

Au salon, la conversation semblait animée. Il s'approcha discrètement et entendit la voix d'un homme jeune qu'il identifia aussitôt. Il s'arrêta. Atlane !

Nolane avait vu son frère aîné disparaître dans le brouillard des gaz paralysants lors d'une sortie en surface, emporté par deux hommes dont il n'avait pas réussi à distinguer s'ils étaient flics ou pilleurs. Il avait crié son nom. Puis, il avait appelé Yentlane. À deux, ils auraient pu le sauver. Mais Yentlane n'avait rien voulu savoir. Il devait bien y avoir une année de cela, maintenant...

Nolane hésita un assez long moment avant d'entrer dans le salon. Il redoutait ces retrouvailles.

Enfin, il se décida.

Il avança doucement.

— Atlane ? interrogea-t-il.

Malgré le fait qu'il eût reconnu la voix de son frère quelques instants plus tôt, il était encore incrédule et surpris.

— Nolane ! s'écria son aîné.

Et il se précipita vers lui.

— Oh ! Atlane... J'ai tué Yentlane... J'ai tué Yentlane..., bredouilla Nolane.

Atlane le saisit dans ses bras.

— Dis-lui comment, Irielle, ajouta Nolane.

Et tandis qu'il restait blotti dans les bras de son frère aîné, Irielle raconta leur rencontre avec la horde.

— Smog va nous dire si c'est grave, déclara Atlane lorsque la fille aux cheveux rouges eut achevé son récit, et toi, qui tu es ?

Nolane dénoua les bras de son frère et alla se placer à côté d'Irielle et Jode. Avec leur aide, il entreprit de narrer les événements des six derniers mois.

— Et toi, Atlane ? s'enquit Nolane, je croyais que je te reverrais jamais quand j'ai vu les deux hommes t'emmener... J'savais pas si c'étaient des flics ou des pilleurs...

— C'taient des pilleurs... Ils m'ont sauvé la vie j'crois bien, et ensuite, ils m'ont enrôlé. J'suis devenu un des leurs...

Atlane raconta sa vie avec les pilleurs. Une vie proche de celle des enfants-rats. La même précarité. Les mêmes lois. La même violence entre membres du groupe. Les armes et les trafics de drogue en plus. Ils étaient organisés pour voler et racketter en surface.

Atlane expliqua comment il avait été blessé lors de l'assaut de la police après le saccage d'une bijouterie, et comment Smog l'avait sauvé. Il n'eut pas le temps de parler de son engagement récent au côté de l'Organisation. Smog et Fraider venaient d'entrer dans le salon et Nolane s'était précipité :

— Alors ?

— Je ne suis guère optimiste. Il faudrait faire un scanner, mais je ne le crois pas transportable... Et je ne suis pas équipé pour ce genre d'opération...

— Il va mourir ?

— Il est dans un état critique. On ne peut qu'attendre. Nous ne pouvons rien faire, il...

— Ses chances d's'en sortir ? le coupa Atlane.

— Faibles, très très faibles, avoua Smog.

— Tu m'as sauvé, Smog. T'peux le sauver, aussi.

— Non, Atlane. Tu n'étais pas dans son état et j'ai pu t'opérer. Pour lui, je ne peux rien faire.

— J'ai du mal à l'comprendre, mais j'sais pas grand-chose d'vos trucs de surface, admit Atlane.

— C'est moi qui l'ai tué, répéta Nolane.

— Il t'a pas laissé l' choix, s'emporta brusquement Atlane, il connaissait la loi des égouts. T'as rien à t'reprocher. Mourir t'aurait servi à rien, et il t'aurait tué sans état d'âme, lui. Tu l'sais parfaitement. Et tu sais parfaitement ce qui s'rait arrivé à Irielle. C'est mon frère aussi ! Pourtant, ça m'empêche pas de m'souvenir d'sa méchanceté. Qu'il soit peut-être mourant change rien à c'qu'il était, à c'qu'il est !

— Il a raison, appuya Fraider.

— Je t'interdis de t'sentir coupable, continua Atlane d'une voix dure, Yentlane serait mort un jour d'un combat d'trop ! On est des enfants-rats...

— Je ne suis plus un enfant-rat depuis des mois ! s'insurgea Nolane, depuis que j'ai rencontré Irielle avant le début de l'été !

— Toi, peut-être ! Mais pas Yentlane ! Pas la horde ! Quand t'es retombé sur eux, t'as été obligé de red'venir un enfant-rat pour sauver ta peau et celle d'Irielle. À c'moment-là, t'étais d'nouveau sous la loi des égouts. T'es pas un meurtrier... Tu es un enfant-rat qui a sauvé sa peau et celle de son amie, martela Atlane d'une voix plus clémente, et tu as eu raison d'le faire !

Nolane s'était mis à pleurer. Il pleurait, les bras raidis le long du corps, la tête retombée sur sa poitrine. De temps en temps, un sanglot soulevait ses épaules. Il semblait s'être absenté de lui-même.

Virgilia lui prit la main et le fit asseoir sur le divan.

— Maint'nant, t'es plus un enfant-rat, reprit Atlane en venant s'installer à côté de lui, et c'que t'as fait jusqu'à cet instant, personne aura le droit d'le juger avec les lois de la surface, parce que personne en surface sait c'que c'est la vie dans les égouts. Une survie dégoûtante et indigne des hommes. Tu m'entends ? Nolane, t'es pas coupable.

Atlane posa ses mains sur les épaules de son frère et le secoua. Virgilia arrêta son geste.

— Il t'entend, intervint-elle avec douceur, il t'entend.

— Ton frère a raison, Nolane, renchérit Smog, le vrai coupable est notre société qui laisse certains jouer de manière indécente avec l'argent et qui abandonne les plus démunis et les plus faibles... Cette société qui renonce à humaniser ses enfants, qui a permis que des milliers d'entre eux vivent comme des sauvages dans ses égouts... Cette société qui t'a laissé aux prises avec la loi barbare des enfants-rats et ne t'a pas donné d'autre chance pour survivre que celle de devoir tuer ton propre frère. Atlane a raison, tu n'es pas coupable.

— C'est quand même moi qui ai frappé, rétorqua Nolane entre deux spasmes.

Irielle pleurait aussi. Elle se sentait épuisée. Tout était si loin de ce qu'elle avait imaginé lorsqu'elle rêvait de s'évader du pensionnat. Elle repensait au premier message de Nolane : «On ne retournera pas là où on était si bien, mais on ira ailleurs, et on sera ensemble, et ce sera aussi bien.»

Ce ne serait jamais aussi bien. La mort de Yentlane planerait comme une ombre sur leur vie.

Le ronronnement d'un aérosolo se posant dans la cour troubla le silence qui s'était refermé sur les dernières paroles de Nolane.

Virgilia alla jusqu'à la fenêtre.

— Pénélope Rolfe, informa-t-elle.

Fraider alla lui ouvrir et revint avec la secrétaire d'État à l'Ordre public.

— Ce sera officiel dans une heure, lança-t-elle sans préambule, le président de la République va démissionner et mandater le gouvernement actuel pour assurer l'intérim et organiser des élections d'ici un mois.

— C'est ce qui pouvait arriver de mieux, commenta

Smog sans éprouver le soulagement qu'il avait espéré ressentir à l'annonce d'une telle nouvelle.

— Naturellement tu te présentes, enchaîna Pénélope.

Avant que Smog répondît, Fraider ajouta :

— Tu es le plus populaire de nous tous, le plus vieux, et du coup, j'espère, le moins corruptible.

— Je vais y réfléchir sérieusement avec Offalia, décréta Smog en se levant. Veillez sur Yentlane, je repasse le plus rapidement possible.

De l'étage, des pleurs de bébé annoncèrent que Moïsa venait de se réveiller.

— Je vais la chercher, bondit Jode, je vais lui dire que Irielle et Nolane sont revenus, comme ça, elle ne sera pas trop surprise en vous voyant, expliqua-t-il en se retournant vers ses petits parents.

# 37

Smog avait repensé à une découverte médicale récente. De la progestérone, injectée à certaines doses, permettait de réduire les hématomes cérébraux. L'auteur de l'article, un neurologue américain, l'avait expérimenté avec succès. Mais Smog n'avait pas voulu donner de faux espoirs sur les chances de survie de Yentlane. Il passa chercher Offalia. Tous deux filèrent à l'hôpital principal.

La responsable de la pharmacie de l'hôpital était membre de l'Organisation et lui procura sans difficulté les doses de progestérone nécessaires pour tenter de sauver Yentlane.

Moins de deux heures après son départ de la ferme, Smog était de retour avec Offalia. L'état de Yentlane était stationnaire. Il injecta la première dose au garçon et confirma qu'il passerait la nuit à son chevet.

Offalia et Smog avaient prévu l'éventualité d'élections anticipées. La décision de se présenter, si on le lui demandait, avait été prise depuis longtemps. Il déclara officiellement qu'il serait candidat et il fut décidé que toute la campagne présidentielle serait pilotée depuis le Prains. L'équipe serait réduite. Outre Offalia, son ami Charles Véka, Fraider, Virgilia, Atlane et Pénélope, Smog tenait à avoir Alice Paire, la coordinatrice des organisations syndicales, à ses côtés.

Après le dîner, Smog se rendit au chevet de son malade et Virgilia emmena le reste de la troupe dans une aile inhabitée de la ferme afin d'organiser la répartition des chambres.

Au milieu de la nuit, Yentlane se mit à râler et appela Nolane. Smog alla réveiller les deux frères.

— Il a repris conscience... Je ne crois pas que cela soit bon signe, leur annonça-t-il, il est plus mal, en fait. Je ne pense pas qu'il passe la nuit.

Nolane et Atlane rejoignirent la chambre où reposait Yentlane. Ils s'assirent chacun d'un côté du lit et posèrent chacun une main sur les mains du jeune mourant.

— Nolane, articula Yentlane dans un râle.

— Je suis là..., et Atlane est là avec nous.

— At... lane...

— Je suis là, confirma ce dernier.

Dans un geste maternel, il posa sa main sur le front de son cadet et le caressa doucement.

— Je suis là, répéta-t-il, Nolane aussi...

Il fit un effort et réussit à dire :

— Nous t'aimons...

— Pardon, Yentlane, murmura Nolane.

— Oui, gémit Yentlane.

Nolane serra la main du malade.

— Pardon, Nola..., parvint encore à dire Yentlane, et sa voix s'éteignit.

Smog saisit le poignet de son patient.

— Il est mort, dit-il.

Yentlane fut inhumé, tôt le matin, trois jours plus tard. La cérémonie fut brève. Offalia, Virgilia, Smog, Fraider, Irielle, Nolane et Atlane firent cortège derrière le cercueil jusqu'au petit cimetière du village et restèrent un long moment silencieux après que les hommes en noir eurent déposé l'enfant-rat à son ultime place dans le caveau des Rick.

Ce fut Atlane qui brisa le silence.

— Jamais dans sa vie Yentlane a habité un lieu comme c'ui-là, propre et paisible, dit-il.

Puis, il entraîna tout le monde dehors. Il attrapa le bras de Nolane et, d'un pas décidé, sortit sans se retourner du cimetière.

— Smog m'a demandé d'parcourir les égouts pour convaincre les enfants-rats d'venir vivre en surface, dit-il, j'ai une petite équipe d'anciens que Smog m'a présentée, mais on n'est pas assez nombreux. J'aimerais qu'tu m'aides.

Nolane resta silencieux. La proposition de son frère lui semblait incongrue. Il n'était pas tout à fait sûr de l'avoir comprise. En réalité, il était comme groggy. Son esprit était obnubilé par le visage de son frère mort et par la sensation coupable de l'avoir abandonné.

— Il s'agit pas d' retourner vivre dans les égouts, continua Atlane en se méprenant sur le silence de

Nolane, on y reste pas plus d' trois heures. C'est trop dur, question vigilance.

— Je... sais pas, balbutia Nolane.

Ils arrivaient à la ferme. Jode, qui les guettait, tapota sur la vitre et agita la main.

— La vie est du côté de ce petit bonhomme, affirma Atlane en répondant au signe de Jode, et du côté de Moïsa... T'entends c'que j'te dis Nolane ?

— Oui...

Ils rejoignirent les deux enfants. Jode sauta dans les bras de son petit papa tandis que Moïsa tendait les bras à sa petite maman. Virgilia et Offalia apportèrent des boissons et des gâteaux, et tous se retrouvèrent autour de la table.

# 38

Après en avoir longuement parlé avec Irielle, Nolane avait accepté la proposition de son frère aîné. Depuis, il n'avait manqué aucune expédition. Car c'était une expédition que de retourner chaque jour dans les égouts, même pour trois heures. Retrouver la peur, l'extrême vigilance, la puanteur et, surtout, aborder les hordes. Nolane luttait afin de garder son courage intact et de ne pas montrer aux autres à quel point ce travail lui était douloureux.

Ils procédaient quartier par quartier. L'équipe était composée d'une trentaine d'anciens enfants-rats. À eux tous, ils connaissaient presque toutes les entrées des tunnels. La prise de contact avec les hordes était toujours rude. De rares fois, ils arrivaient à faire comprendre aux enfants-rats que leur démarche était pacifique. Mais généralement, Atlane devait affronter le chef-rat et se battre jusqu'à la reddition de ce dernier. Ensuite, il pouvait parler et il était écouté. Certains enfants-rats, libérés de l'emprise de leur chef, décidaient de rejoindre l'équipe. Le plus souvent, il s'agissait des plus jeunes ou bien des filles. Ils suivaient alors Atlane qui les menait à travers les tunnels, puis à travers champs jusqu'à la ferme du Prains. Ensuite, l'Organisation les prenait en charge et les confiait à des familles qui vivaient à la campagne. Les couples avec enfants accueillaient les enfants-rats âgés de huit à douze ans. Les adolescents, qui étaient les plus belliqueux, étaient confiés aux couples sans enfant. Une équipe, dirigée par Véra Bournal, recherchait l'origine de chaque enfant-rat et tentait de retrouver des membres de leur famille.

Irielle et Nolane avaient insisté pour que les enfants-rats ne fussent pas tout de suite scolarisés et que leur apprentissage se fît sans contrainte et sans contrepartie négative. Smog et Véra les avaient écoutés. La réinsertion des enfants-rats à la vie en surface se ferait doucement et lentement, respectant le rythme de chacun.

Peu à peu, le cauchemar qu'avait constitué la mort de Yentlane s'éloigna. Nolane eut moins d'absences. Le voile de tristesse qui avait obscurci son regard après le drame s'estompait. Il se remit à jouer avec Jode et Moïsa. La vie reprenait le dessus. Sans qu'il en eût conscience, sa culpabilité avait trouvé un exutoire dans sa participation aux missions quotidiennes dans les égouts.

Quelques jours avant les élections présidentielles, au hasard de leurs pérégrinations, Atlane retrouva le quartier où il avait vécu enfant. Il n'en dit rien à Nolane, et informa Véra de sa découverte. Elle lui promit d'aller consulter les registres de la mairie du secteur.

La campagne présidentielle accapara Smog qui ne fit que de brefs passages à la ferme du Prains. Cependant, il suivit de près le processus de sortie des enfants-rats des égouts.

Smog sillonna le pays sans relâche un mois durant. L'espoir qu'avait suscité la candidature d'un des fondateurs de l'Organisation chez la majorité de la population était intense. Smog en concevait de l'inquiétude. Userait-il convenablement du mandat qui allait lui être confié ? Son regard était de nouveau sombre sous le sourcil épais. Son visage avait repris ce masque triste et dur qu'Offalia lui avait connu pendant les années qui avaient précédé la création de l'Organisation.

— Oh ! toi, tu fais honneur à ton surnom, en ce moment ! plaisanta gentiment Offalia le matin du scrutin, tu te demandes si tu sauras être à la hauteur de la tâche ?

— C'est vertigineux, et j'ai peur, avoua-t-il.

— Heureusement que tu as peur ! Et j'espère que le doute et la peur ne te quitteront pas au profit de l'arrogance, de la certitude et du désir de tirer profit de ta fonction. Le pouvoir apporte avec lui de terribles tentations.

— Je compte sur vous tous pour m'attacher au mât si jamais je me laissais aller à écouter chanter ces méchantes sirènes.

— Tu peux compter sur moi, en tout cas, assura Offalia.

En fin de journée, les habitants du village commencèrent à se rassembler dans la cour de la ferme du

Prains. L'euphorie montait. Personne ne doutait de l'élection de Smog.

Afin d'échapper aux deux dernières heures d'attente qui promettaient d'être longues, Irielle emmena Nolane, Jode et Moïsa jusqu'à l'A380. Irielle avait emporté une petite collation et ils firent leur dernier repas dans la salle à manger-restaurant de leur cache-avion.

— Qu'est-ce que ça va devenir, ici, maintenant que le travail va recommencer ? demanda Nolane.

— Rien d'autre qu'un chantier de démantèlement, informa Irielle.

— Et nous ? s'inquiéta Jode, on ne va pas vivre ici.

— Nous, on va vivre au Prains, désormais.

— Tous ?

— Tous, confirma Nolane.

— On ne va pas retourner au pensionnat ?

— Non.

— Ni Moïsa, ni moi non plus ?

— Ni Moïsa, ni toi.

— Même si on n'a pas de parents ?

— Vous avez des parents, déclara Irielle.

— Non, mais pour de vrai, insista Jode.

— Pour de vrai. Irielle aura bientôt dix-huit ans..., commença Nolane.

— Et Nolane les a déjà ! le coupa Irielle.

— Comment vous savez ça ? s'étonna Jode, je croyais qu'il avait jamais eu d'anniversaire.

— Atlane a retrouvé leur quartier d'origine. Du coup, Véra a pu remettre la main sur les fiches d'état civil d'Atlane, Yentlane et Nolane. On sait que Nolane a eu dix-huit ans le 8 décembre dernier !

— Nous entamons une procédure d'adoption, reprit Nolane.

— Smog a dit qu'on pouvait. Ce sera accepté. Tout sera fait pour que les enfants-rats aient des familles...

— Irielle et moi, on sera vos vrais parents. On aura un livret de famille et vos naissances seront déclarées, ajouta Nolane, ému.

Jode resta d'abord sans voix, puis il se leva, s'approcha de Moïsa qui était assise sur les genoux d'Irielle, et pencha son visage sur le visage de la petite fille.

— Tu entends ça, Moïsa, toi et moi, on sera frère et sœur pour de vrai, et Irielle et Nolane ne seront plus nos petits parents. Ils seront nos parents.

Moïsa attrapa le nez de son frère et le secoua :

— Ah raaa la da ! gazouilla-t-elle.

Jode se dégagea en riant, regarda alternativement ses futurs parents, et soudain :

— Mais... Si vous êtes nos parents, vous ne devriez pas vous aimer ?

— On s'aime, répondirent tranquillement et en même temps Irielle et Nolane.

— Non, mais comme des amoureux, précisa Jode, l'œil pétillant.

— Comme des amoureux...

« Loi n° 49-956 du 16 juillet 1949
sur les publications destinées à la jeunesse. »

La photocomposition de cet ouvrage
a été réalisée par
GRAPHIC HAINAUT
59163 Condé-sur-l'Escaut

*Cet ouvrage a été achevé d'imprimer*
*sur Roto-Page*
*par l'Imprimerie Floch à Mayenne*
*pour le compte des Éditions Plon*
*76, rue Bonaparte*
*Paris 6e*
*en juillet 2010*

*Imprimé en France*
Dépôt légal : octobre 2009
N° d'édition : 14473 – N° d'impression : 77185